KU-715-264

ACC. No: 02329328

MAIGRET ET LES PETITS COCHONS SANS QUEUE

GEORGES SIMENON

Maigret et les petits cochons sans queue

NOUVELLES

PRESSES DE LA CITÉ

© 1950 Georges Simenon Limited (a Chorion company).
All rights reserved.

LES PETITS COCHONS SANS QUEUE

1

Les jeunes mariées aiment recoudre les boutons

Pour le coup de téléphone de sept heures, il n'y avait pas de doute : Marcel l'avait bien donné de son journal. Germaine venait à peine d'arriver au restaurant *Franco-Italien*, boulevard de Clichy, où ils avaient l'habitude de dîner et où ils se retrouvaient automatiquement quand ils ne s'étaient pas donné rendez-vous ailleurs. Ils y avaient leur table réservée, près de la fenêtre. Cela faisait partie de leur home.

Elle avait eu juste le temps de s'asseoir et de constater qu'il était sept heures moins trois minutes quand Lisette, la petite du vestiaire, qui la regardait d'un air si curieusement ému depuis qu'elle était mariée et qui avait tant de plaisir à l'appeler madame, s'était approchée.

— Madame Blanc... C'est Monsieur qui vous demande au téléphone...

Elle ne disait pas M. Blanc. Elle disait *monsieur,*

et elle prenait un air si complice que c'était un peu comme si ce *monsieur* eût été *leur* monsieur à elles deux.

Changement de programme, sans doute. Avec Marcel, il fallait toujours s'attendre à des changements de programme. Probablement allait-il lui dire :

— Va vite te mettre en tenue et prépare mon smoking... Nous allons à telle première, ou à tel gala...

Combien de fois, depuis un mois qu'ils étaient mariés, étaient-ils restés chez eux le soir ? Deux fois, elle n'avait pas de peine à les compter.

— C'est toi, Marcel ?

Ce n'était pas lui qui était au bout du fil. C'était la téléphoniste du journal, dont elle connaissait bien la voix, qui reconnaissait la sienne aussi, et qui lui disait, avant de pousser sa fiche dans une case du standard :

— Je vous passe votre mari, madame Blanc.

Donc, il se trouvait au journal. Et il n'avait pas bu. Même quand il n'avait pris que deux ou trois apéritifs, elle s'en apercevait à sa façon de parler, car il avait très vite un petit cheveu sur la langue. C'était charmant, d'ailleurs. Elle ne le lui avouait pas, mais elle aimait quand il était ainsi, un tout petit peu éméché, pas trop, et qu'il zézayait.

— C'est toi, mon chou ? Il faut que je te demande de dîner sans moi. J'ai dans mon bureau John Dickson... Oui, le manager de Turner... Il veut absolument m'emmener dîner avant le match, et je ne peux pas lui refuser ça...

Elle avait oublié que Marcel avait un match de boxe ce soir-là. Elle n'aimait pas la boxe. En outre, elle avait cru comprendre, dès le début, que, comme il assistait à ces réunions pour le « business », selon son mot, il préférait ne pas l'y voir.

— Tu sais, dans ce milieu-là, il y a un certain nombre de types mal embouchés à qui je risquerais de devoir flanquer mon poing sur la gueule.

» Qu'est-ce que tu vas faire, mon chou ? Cinéma ?

— Je ne sais pas encore. Je crois que je rentrerai.

— Je serai à la maison à onze heures et demie. Mettons minuit au plus tard... J'écrirai mon papier chez nous et nous irons ensemble le porter au journal. A moins que tu ne préfères qu'on se retrouve à minuit à la brasserie *Graff*...

— Non, à la maison...

Elle n'était pas triste. Pas gaie non plus, bien sûr. Mais il fallait bien qu'elle s'habitue. C'était son métier, à Marcel. Elle mangea toute seule. Deux ou trois fois, le nez baissé sur son assiette, elle fut sur le point de parler, tant elle avait déjà l'habitude de penser à voix haute, l'habitude qu'il fût là en face d'elle, avec son sourire toujours à moitié goguenard et à moitié attendri.

— Pas de dessert ? Pas de café, madame Blanc ?

— Merci... Je n'ai plus faim...

En passant devant un cinéma illuminé, elle se

9

demanda si elle avait eu raison d'annoncer qu'elle rentrerait. Puis, soudain, elle eut hâte d'être chez eux, elle se fit presque une fête de cette solitude, d'attendre, dans leur appartement, qu'il revienne. Jusqu'ici, quand elle l'avait attendu, c'était toujours dans des bars, dans des brasseries qu'il lui donnait rendez-vous. C'est à peine s'ils avaient eu le temps de faire connaissance avec leur intérieur.

Elle montait à pied la rue Caulaincourt qui devenait plus calme, plus provinciale à mesure qu'on s'éloignait des boulevards de Montmartre. Le soir était mou, pas trop froid pour le mois de décembre, mais pluvieux. Un brouillard plutôt, très fin, très subtil, qui enveloppait les lumières d'un tissu léger.

Leur maison faisait le coin de la rue Caulaincourt et de la rue Lamarck, près de la place Constantin-Pecqueur. Elle la voyait de loin, distinguait, au sixième étage, le balcon à rampe de fer noir qui contournait l'immeuble et dont une petite portion, limitée par des grillages, était leur domaine exclusif.

Pourquoi cela la rassura-t-il de voir des lumières aux fenêtres voisines de leur appartement ? En passant le corridor, elle aperçut la concierge qui lavait son fils avant de le coucher et elle leur cria le bonsoir. Il n'y avait pas d'ascenseur. C'était le seul ennui. Elle découvrait, en montant, de la lumière sous les portes, des rumeurs de radio, de conversations au coin du feu, et on croyait sentir l'odeur particulière de tous ces foyers que l'on frôlait.

— Vous avez un appartement, vous ? lui avait-il

demandé un jour, de cette voix qui n'appartenait qu'à lui, qui faisait qu'on ne savait pas toujours s'il parlait sérieusement ou s'il plaisantait.

C'était à Morsang, au bord de la Seine, à la fin de l'été. Il y avait des années que Germaine y allait avec toute une bande passer ses week-ends. Un camarade avait amené Marcel, et celui-ci était revenu plusieurs fois.

— J'habite un meublé, avait-elle répondu.

— Moi aussi. Vous aimez ça ?

— Faute de mieux, n'est-ce pas ?

— Eh bien ! je viens de trouver un appartement...

Le miracle des miracles ! Le rêve de cinq cent mille Parisiens !

— Attendez ! C'est à Montmartre. De toutes les fenêtres on contemple le panorama de Paris. Il y a un balcon comme trois mouchoirs de poche, où l'on peut prendre son petit déjeuner au soleil. Quand il y a du soleil.

Il avait ajouté :

— J'ai loué. Maintenant, je cherche une femme. C'est urgent, parce que j'emménage le 15 octobre.

Enfin, toujours avec l'air de rigoler :

— Cela ne vous dit rien, à vous ? Une chambre, cuisine, salle à manger, salle de bain et balcon...

C'était toujours une joie pour elle, en arrivant sur le palier, de plonger la main dans son sac pour y chercher sa clef, une joie aussi, dès qu'elle avait tourné le commutateur, d'apercevoir sur les meubles des objets qui appartenaient à Marcel, une pipe, un pardessus et, dans la chambre, ses pantoufles.

— Dommage que tu ne sois pas là, mon chéri. On aurait passé une si bonne soirée...

Elle parlait toute seule, à mi-voix, pour se tenir compagnie.

— Il est vrai que, si tu avais été là, nous serions sortis.

— Tu comprends, lui disait-il plaisamment, je ne suis pas *encore* un homme d'intérieur, mais ça viendra, plus tard, quand j'aurai... quand j'aurai quel âge, au fait ?... Cinquante ? Soixante-dix ?

Elle essaya de lire. Puis elle décida de mettre de l'ordre dans ses vêtements, recousant un bouton par-ci, faisant un point ailleurs. A neuf heures, elle leva les yeux vers l'horloge et elle pensa que la séance commençait à la salle Wagram ; elle imagina le ring, les lumières crues, la foule, les boxeurs, Marcel à la table des journalistes.

A dix heures et demie, elle cousait toujours quand elle sursauta. Une sonnerie emplissait l'appartement de vacarme. C'était la sonnerie du téléphone, à laquelle elle n'était pas encore habituée, car l'appareil n'avait été placé que la semaine précédente.

— C'est toi, mon chou ?

Et elle pensa que c'était la première fois que Marcel lui téléphonait chez eux. Pendant la journée, elle était à son magasin, chez Corot Sœurs, faubourg Saint-Honoré, et c'était là qu'il l'appelait, qu'il l'appelait même un peu trop souvent au gré des demoiselles Corot.

— Qu'est-ce que tu fais ?

— Je couds...

Pourquoi fronçait-elle les sourcils ? Il y avait quelque chose qui lui déplaisait dans ce coup de téléphone, mais elle était incapable de définir ce quelque chose. Il n'avait toujours pas bu, et pourtant sa voix n'avait pas sa netteté habituelle. Il paraissait embarrassé, comme il l'était quand il se croyait forcé de mentir.

— Tu mens tellement mal !... lui avait-elle souvent répété.

— Je voulais te dire bonsoir... murmura-t-il. Le grand combat va commencer... Il y a foule... Tu dois l'entendre...

Non. Elle n'avait pas l'impression d'entendre la rumeur d'une salle pleine de spectateurs excités.

— J'espère toujours être rentré avant minuit... Allô !... Pourquoi ne dis-tu rien ?

— Je t'écoute...

— Tu es de mauvaise humeur ?

— Mais non...

— Tu t'ennuies ?

— Mais non, chéri... Je ne comprends pas pourquoi tu t'inquiètes...

— Je ne m'inquiète pas... Dis donc...

Elle comprit qu'elle allait enfin savoir le pourquoi de cet appel.

— Si par hasard j'étais un peu en retard...

— Tu comptes rentrer plus tard ?

— Non... Mais tu sais comment ça va... Il se peut

que je sois obligé de boire un verre avec les organisateurs...

— Très tard ?

— Mais non... A tout à l'heure... Bise...

Docilement, elle imita dans l'appareil le bruit d'un baiser. Puis elle voulut parler, elle commença :

— Marcel, je...

Mais il avait déjà raccroché et elle était toute seule dans leur appartement, avec de la lingerie et des robes autour d'elle.

Si elle était sûre que le premier coup de téléphone était bien du journal, à cause de la standardiste qui lui avait parlé, rien ne prouvait que le second, celui de dix heures et demie, avait été donné de la salle Wagram, et par la suite elle devait être persuadée du contraire.

A onze heures, elle avait rangé ses affaires dans les armoires. Elle cherchait quelque chose à faire. Elle fut sur le point de prendre un livre. Par hasard, elle vit sur un fauteuil le manteau en poil de chameau de Marcel, et elle se souvint d'avoir remarqué quelques jours plus tôt qu'un des boutons était sur le point de tomber. Comme c'était en ville, elle ne l'avait pas recousu tout de suite. Et maintenant cette histoire de bouton la faisait sourire, car elle lui rappelait un souvenir.

Marcel était très coquet, d'une coquetterie parfois un tantinet voyante. Il affectionnait les tons clairs, les cravates de couleurs vives. Un dimanche matin, à Morsang, elle avait remarqué :

— Vous avez perdu un bouton de votre sweater...

— Je ne l'ai pas perdu. Je l'ai dans ma poche.

— Alors, donnez-le-moi, que je vous le recouse...

C'était bien avant qu'il lui parle de l'appartement. Il avait dit, pourtant :

— Ce que vous allez vous en donner quand vous serez mariée, vous !

— Pourquoi ?

— C'est une remarque que je fais chaque fois qu'un de mes amis se met en ménage. Les jeunes mariées adorent recoudre les boutons de leur mari. Je les soupçonne même de les découdre exprès pour pouvoir les recoudre. Si vous avez déjà ce vice-là *avant*...

Elle souriait donc en étendant le poil de chameau sur ses genoux. Elle enfilait son aiguille, puis, au moment de coudre, elle sentait dans la poche un objet d'une grosseur inaccoutumée.

Jamais elle n'aurait pensé à fouiller les poches de Marcel. Elle n'était pas encore jalouse. Peut-être même ne le serait-elle jamais, tant elle avait confiance en lui, et surtout dans son sourire de gamin tendre.

L'objet était dur. Il ne ressemblait à rien de ce qu'on a l'habitude de mettre en poche, et c'est pour ainsi dire sans curiosité, exactement par goût de l'ordre, qu'elle l'en retira.

Alors, tandis que ses doigts écartaient le papier de soie, son visage changea et elle resta un bon moment immobile, sidérée, à fixer, de ses yeux où il y avait de la terreur, un petit cochon en porcelaine.

Il était onze heures et demie, elle voyait l'heure à l'horloge. Le petit cochon rose était sur la table, devant elle. Le pardessus avait glissé sur le tapis. Fébrilement, elle formait un chiffre sur le cadran de l'appareil téléphonique, mais, à chaque fois, une sonnerie hachée lui annonçait que la ligne était occupée.

Ses doigts se crispaient comme si c'eût été une question de vie ou de mort en même temps qu'une question de secondes. Sans répit, elle recommençait à former le numéro. Puis elle se leva, feuilleta l'annuaire des téléphones pour s'assurer qu'elle ne s'était pas trompée.

Quand il l'avait appelée, à dix heures et demie, le grand combat allait commencer. Combien de temps dure un combat de poids lourds ? Cela dépend, évidemment. Et après ? Est-ce que les gens s'en allaient tout de suite ? Est-ce que les organisateurs quittaient la salle aussitôt ?

— Allô ! Salle Wagram... ?

— Oui, madame.

— Dites-moi, monsieur... La séance est-elle terminée ?...

— Il y a près d'une demi-heure, madame...

— Tout le monde est parti ?... Qui est à l'appareil ?

— Le chef électricien... Il y a encore plusieurs messieurs ici...

— Voulez-vous leur demander si M. Marcel Blanc... Oui, Blanc... Comme la couleur blanche... Le journaliste, oui... Voulez-vous leur demander s'il est avec eux ?... Il doit se trouver en compagnie des organisateurs... C'est très important... Je vous supplie de faire l'impossible pour mettre la main sur lui... Allô !... Oui, s'il y est, qu'il vienne me parler à l'appareil...

Puis, dans le silence soudain, l'écouteur à l'oreille, elle regretta de s'être affolée de la sorte et d'avoir dérangé Marcel. Qu'est-ce qu'elle dirait ?

Il allait peut-être rentrer alors qu'elle attendait à l'appareil. On entendait des pas dans l'escalier. Non, c'était pour le quatrième. S'il avait pris un taxi tout de suite ?... Or Marcel n'aimait pas attendre les autobus ; il avait horreur du métro... Pour un oui ou un non, il sautait dans un taxi...

— Allô... Vous dites ?... Il n'est pas avec ces messieurs ?... Vous ne savez pas si...

On avait raccroché. Le vide, à nouveau. Et le petit cochon rose sur la table, le petit cochon *sans queue*.

— Ecoute, Marcel, il faut que tu me dises...

Mais Marcel n'était pas là. Elle était seule et elle avait tout à coup peur de cette solitude, si peur qu'elle marcha vers la porte-fenêtre et qu'elle l'ouvrit.

Dehors, c'était la nuit d'un gris bleuâtre, des toits mouillés qui se découpaient avec netteté, des che-

17

minées, les tranchées profondes des rues piquetées de réverbères et là-bas, brillante, la coulée des boulevards de Montmartre, la place Blanche, la place Pigalle, le Moulin-Rouge, mille boîtes de nuit d'où émanait un brouillard phosphorescent.

Des taxis montaient la rue Caulaincourt et changeaient de vitesse à cause de la côte. A chacun, elle croyait qu'il allait s'arrêter, que Marcel en descendrait, qu'elle verrait sa silhouette se tourner négligemment vers le chauffeur, puis qu'il lèverait la tête vers *leurs* fenêtres. Des autobus aussi, au toit argenté, qui stoppaient juste devant la maison et d'où descendaient deux ou trois personnes qui s'en allaient en relevant le col de leur pardessus.

— Ce n'est pas possible, Marcel... disait-elle à mi-voix.

Brusquement, il lui fut insupportable d'être en tenue d'intérieur, car elle s'était déshabillée en arrivant chez elle, comme elle en avait l'habitude. Elle se précipita vers la chambre, saisit une robe de laine, au petit bonheur. Une robe qui se boutonnait dans le dos. Une robe que Marcel avait l'habitude de lui boutonner en mettant de petits baisers sur sa nuque.

De quoi avait-elle peur ? Il y avait peut-être plusieurs jours ou plusieurs semaines que le petit cochon de porcelaine était dans la poche du manteau. Quand Marcel avait-il mis ce vêtement pour la dernière fois ? Il ne possédait que deux pardessus. Elle aurait dû se souvenir. Elle l'aimait. Cent fois par jour, elle le regardait à la dérobée pour l'admirer, pour contempler sa silhouette, reconnaître un geste qui lui plaisait, simplement, par exemple, le geste de sa main quand il éteignait sa cigarette.

Ils avaient encore déjeuné ensemble à midi, non pas au *Franco-Italien,* où ils n'allaient que le soir, mais dans un restaurant proche des grands boulevards, chez la *Mère Catherine.* Elle était incapable de dire quand il avait mis son poil de chameau pour la dernière fois !

Il y avait moins de huit jours, en tout cas, car elle l'avait porté au dégraisseur la semaine précédente.

Et elle croyait tout savoir de ses faits et gestes ! Il lui racontait tout, y compris les blagues qu'on racontait au journal. Il lui téléphonait sans cesse. Ils se retrouvaient. Quand il avait une minute, il n'hésitait pas à venir lui dire bonjour au magasin.

Elle était retournée sur le balcon, toujours agitée, et elle pâlissait une fois de plus.

— Tu n'es jamais allée aux sports d'hiver, n'est-ce pas ?

Elle y était allée une fois, mais comme vendeuse, car la maison Corot Sœurs ouvrait une succursale à Megève pendant la saison.

— Tu aimerais ça ? Tu obtiendrais quinze jours de congé ? Il suffirait que je fasse une bonne affaire et on filerait tous les deux...

Pourquoi n'avait-elle pas protesté ? Elle s'était montrée ravie, en réalité parce qu'elle n'y croyait pas. Il faisait ainsi les projets les plus abracadabrants, tous plus coûteux les uns que les autres, comme s'ils n'avaient pas eu à compter, alors qu'il n'avait que ses articles pour vivre.

Ne lui avait-elle pas dit :

— Tu es né pour être riche. Tu as envie de tout...

— Surtout pour toi... avait-il riposté avec une certaine gravité qui ne lui était pas habituelle. Tiens, depuis que je te connais, j'ai une envie folle d'une voiture...

— Tu sais conduire ?

— J'en ai eu une, jadis...

Elle n'avait pas osé lui demander quand. En somme, ils ne savaient presque rien l'un de l'autre, sinon qu'ils s'aimaient. Leur mariage avait été une sorte de jeu, un jeu délicieux.

— Tu as des parents ?

— Mon père...

Et lui-même avait décidé :

— En province, évidemment !... Mais tu es majeure... Moi, je n'ai plus personne... Occupe-toi des papiers... On se mariera à la mairie du IXe...

Parce que c'était dans le IXe arrondissement, près du square Saint-Georges, qu'avant son mariage Germaine avait une chambre meublée.

— Elle n'est pas trop moche, la mairie du IXe ? Il est vrai que, pour le temps qu'on y restera...

Un taxi. Non. Il continuait sa route. Elle revint voir l'heure. Il était passé minuit et, maintenant, les passants étaient si rares qu'on entendait longtemps leurs pas résonner dans le dédale des rues.

— J'aurais dû te rencontrer trois ans plus tôt...

— Pourquoi ?

20

— Parce que, quand on est jeune, on perd son temps...

C'est inouï le nombre de petites phrases de ce genre auxquelles elle n'avait pas attaché d'importance, et qui lui revenaient à présent. Jusqu'à sa gaieté, qui prenait un autre accent. Il était exubérant, sans que cela parût forcé. Il était naturellement gai, enjoué. Et pourtant il y avait toujours, dans son regard, comme un cran d'arrêt.

— Tu verras que je ne suis pas si mauvais que ça...

— Pourquoi serais-tu mauvais ?

Il souriait, ou il riait, ou il l'embrassait.

— Au fond, vois-tu, je crois que je suis un type comme les autres... Du bon et du mauvais bien mélangés, si bien mélangés que je ne m'y retrouve pas toujours moi-même...

S'il pouvait revenir ! Si seulement il était là, s'il descendait d'un taxi, s'il tournait le coin de la rue, si elle entendait son pas dans l'escalier !

Pourquoi avait-il téléphoné, à dix heures et demie, et pourquoi avait-il une voix embarrassée comme si, pour la première fois, il lui avait caché quelque chose ?

Elle avait eu tort, elle, d'appeler la salle Wagram. Elle s'en rendait compte maintenant. Cela pouvait devenir extrêmement grave. Est-ce qu'elle avait dit au chef électricien qu'elle était la femme de Marcel ? Elle ne s'en souvenait plus.

Mais non ! Ce n'était pas possible. Pourquoi ce soir-là, justement ?

Mais pourquoi aussi lui avait-il parlé des sports d'hiver et même d'acheter une auto ? Quelle affaire pouvait-il espérer réussir ? De temps en temps, en dehors de ses chroniques sportives, un contrat de publicité, sur lequel il touchait dix pour cent. Quelques milliers de francs, pas plus.

Elle revint vers le téléphone. Non. Elle repartait vers le balcon et c'était maintenant une pluie fine et bruissante qui tombait du ciel bas. C'était très doux, très feutré. Le panorama nocturne de Paris en devenait plus intime. Pourquoi Marcel ne rentrait-il pas ?

Le téléphone... Elle y revenait sans cesse, s'en éloignait, y revenait encore.

— Allô... L'interurbain ?... Voulez-vous me donner le 147 à Joinville, s'il vous plaît, mademoiselle...

Elle n'avait pas eu besoin de consulter l'annuaire. La sonnerie, à l'autre bout, retentissait longtemps et donnait l'impression, Dieu sait pourquoi, de réveiller les échos d'une grande maison vide.

— On ne répond pas...

— Veuillez insister, mademoiselle... Je suis sûre qu'il y a quelqu'un... Mais il dort sans doute à cette heure... Sonnez encore, voulez-vous ?

La sonnerie... Elle guettait les bruits de l'escalier, ceux de la rue, les freins des taxis, des autobus...

— Allô... Ici, c'est Germaine... Tu dormais ?... Tu es sûr que tu dormais ?... Il n'y a personne chez toi ?

22

Ses traits étaient devenus durs et graves.

— Je te demande pardon de t'avoir réveillé... Comment ?... Ta goutte ?... Excuse-moi, je ne savais pas... Mais non, rien...

L'autre voix, au bout du fil, était grognonne. Celle d'un homme qui fait une attaque de goutte et qu'on oblige à sortir de son lit et à descendre un étage en pyjama.

— J'ai absolument besoin que tu me donnes un renseignement... Dis-moi franchement si tu connais un Marcel Blanc...

Et l'autre voix, furieuse :

— Je croyais qu'on ne prononçait pas les noms de famille...

— Il le faut bien... Tu as entendu ?... Marcel...

— Et après ?

— Tu le connais ?

Un silence.

— Il faut que tu me répondes tout de suite... C'est très important... C'est la dernière chose que je te demanderai... Tu le connais ?

— Comment est-il ?

— Vingt-cinq ans... Beau garçon... Brun, élégant...

Elle eut une inspiration.

— Il porte souvent un manteau en poil de chameau, très clair...

Silence à l'autre bout.

— Tu le connais ?

— Et toi ?

— Peu importe. Réponds. Tu le connais ?

— Et après ?

— Rien... J'ai besoin de savoir... C'est oui, n'est-ce pas ?

Elle crut qu'on montait. C'était seulement un chat qui miaulait sur un paillasson.

— Viens me voir quand tu voudras...

— Ne raccroche pas... Attends... Ce que je veux que tu me dises, c'est si ce soir...

— Quoi ?

— Tu ne me comprends pas ?

— Je croyais que tu étais mariée...

— Justement... C'est...

Et dans un mouvement irrésistible :

— C'est mon mari.

Pourquoi croyait-elle voir de l'autre côté l'homme hausser les épaules ? Il se contenta de laisser tomber :

— Va te coucher...

Puis elle eut beau parler dans l'appareil. A Joinville, le 147 avait raccroché.

Il était une heure et demie du matin et Marcel n'était toujours pas rentré. Le petit cochon sans queue mettait des reflets roses sur la table où était ouverte la boîte à couture, et le poil de chameau gisait toujours sur le tapis.

2

Le marchand de petits cochons

Quatre heures. De toutes les fenêtres qu'on pouvait apercevoir du balcon, il n'y en avait plus qu'une éclairée et parfois, derrière le rideau, une silhouette passait, celle de quelqu'un, sans doute, qui soignait un malade.

Marcel n'était pas rentré. Marcel n'avait pas téléphoné, n'avait envoyé aucun message, et alors, quand la grande aiguille fut exactement verticale sur le cadran de l'horloge, Germaine se décida à un nouvel appel téléphonique.

— Allô... C'est toi, Yvette ?... Tu dormais, ma pauvre fille ?... Il ne faut pas m'en vouloir... Ici, Germaine... Oui... Tu veux me rendre un grand service ?... Comment dis-tu ?

La grande bringue, à l'autre bout du fil, s'était contentée de murmurer :

— Déjà...

C'était une vendeuse de chez Corot Sœurs, une immense fille de vingt-huit ans, sans aucun charme physique. Elle le savait, n'essayait pas de se faire d'illusion et réalisait ce miracle de rester la copine la plus gaie et la plus bienveillante du monde.

— Habille-toi en vitesse, n'importe comment. Pour gagner du temps, je vais téléphoner pour t'envoyer un taxi. Tu viendras ici tout de suite...

A part son « déjà », Yvette ne manifesta ni surprise ni curiosité, et un quart d'heure plus tard un taxi s'arrêtait au coin de la rue, la grande bringue montait l'escalier, Germaine lui ouvrait la porte.

— Tu as dû être étonnée...

— Ce sont des choses qui arrivent, ma fille...

— Marcel n'est pas ici...

— Je m'en doutais. S'il y était, tu ne m'aurais pas appelée...

— Je t'expliquerai plus tard, ou plutôt, je te le dis franchement, ce sont des choses que je ne peux pas expliquer, même à toi...

— Où faut-il que j'aille le chercher ? Est-ce que je dois lui dire que tu es malade, ou que tu t'es tiré une balle dans la tête ?

— Tu vas rester ici... C'est moi qui dois sortir... Seulement, écoute... Tu veilleras au téléphone... Si on appelait, tu noterais soigneusement les messages... Si c'était Marcel, tu lui dirais qui tu es... Il te connaît... Ajoute que je suis sortie, que je ne tarderai pas à rentrer... Et, ma foi, s'il revenait, dis-lui la même chose, dis-lui que j'ai été inquiète, que... que je suis partie à sa recherche...

— Quatre heures et demie... remarqua la grande bringue. Ce n'est plus la peine que je me déshabille... Je peux m'étendre sur le divan ?... Tu n'as rien à boire...

26

— Il doit y avoir une bouteille de cognac dans le placard...

Germaine était déjà à la porte. Un peu plus tard, elle sautait dans le taxi qui l'avait attendue.

— A Joinville... Suivez le bord de la Marne... Je vous arrêterai...

Elle devenait plus calme, plus lucide, depuis qu'au lieu d'attendre elle agissait. Elle continuait à parler à mi-voix, par habitude de femme qui a vécu longtemps seule. Les rues étaient désertes, à part quelques camions de légumes qui se dirigeaient vers les Halles. Le taxi ne mit pas une demi-heure à atteindre Joinville et, un peu plus tard, Germaine l'arrêtait devant une grosse villa isolée, au bord de l'eau.

— Vous m'attendrez...

Elle sonna. Elle savait que ce serait long. Elle dut sonner plusieurs fois avant d'entendre, de deviner plutôt des pas feutrés derrière la porte. Elle n'ignorait pas qu'on allait ouvrir le judas pour la dévisager en silence. Elle s'impatienta. Il pleuvait. Elle commençait à sentir ses épaules humides.

— C'est moi, dit-elle. Ouvre.

Et la voix grognonne de son père, de l'autre côté de la porte, de grommeler :

— Tu ferais mieux d'aller au diable...

Il ouvrit quand même. Puis, la porte refermée il tourna le commutateur, poussa la porte de droite, qui était celle d'un grand salon poussiéreux et sans feu. Un froid humide vous y enveloppait, en même temps que des relents de moisi, qu'une odeur fade de ménage pas fait.

— Il n'est pas rentré ? questionna-t-il en se serrant dans sa robe de chambre et en se blottissant dans un vieux fauteuil.

— S'il était rentré, je ne serais pas ici.

L'homme était énorme et mou, avec un visage couperosé, des yeux soulignés par de larges poches. De temps en temps, il portait la main à sa jambe, enflée par la goutte, qui le faisait souffrir.

Il regardait sa fille avec une curiosité non exempte d'ironie, ni de satisfaction.

— Tu es bien attrapée, hein ? Ce n'était pas la peine de monter sur tes grands chevaux... Quand je pense à tout ce que tu m'as dit...

— Je suis venue pour te parler sérieusement... Tu connais Marcel...

— Je connais *au moins* un Marcel... Si tu m'avais seulement appris le nom de l'homme que tu épousais, au lieu de me faire signer une autorisation en blanc... Qu'est-ce qu'il lui est arrivé, à ton mari ?... On l'a coffré ?

Sans essayer de crâner, elle murmura :

— Je ne sais pas... Il n'est pas encore rentré... Dans sa poche, par hasard, j'ai trouvé un de tes petits cochons... Quand est-il allé te voir ?

L'homme, que tout le monde appelait M. François, ne passait que ses nuits et ses dimanches dans la grosse villa en briques de Joinville. Près de l'église Notre-Dame-de-Lorette, en plein cœur de Paris, à deux pas de la salle Drouot, il possédait un vaste magasin d'antiquités qui ressemblait davantage à un bric-à-brac, et où on trouvait de tout : des fauteuils anciens, des bonheurs-du-jour, des estampes jaunies, des tableaux plus ou moins authentiques et des chinoiseries de jade ou d'ivoire.

Tout cela, comme la maison de Joinville, était poussiéreux, archaïque et le patron lui-même, M. François, était toujours vêtu d'un vieux costume trop ample aux coudes usés, au col gras et couvert de taches.

— Il y a trois ou quatre jours, répondit-il.

Tout au fond du magasin, sur un rayon, il y avait quelques-uns de ces petits cochons sans queue dont la vue avait si fort ému Germaine, et ailleurs, dans l'arrière-boutique, il en existait une pleine caisse.

Ils étaient au début, mille petits cochons en porcelaine, tous pareils, tous dépourvus de la joyeuse queue en tire-bouchon qui est l'apanage des cochons.

Un voyageur de commerce, il y avait déjà des années, était entré un jour dans le magasin et avait tiré un de ces bibelots de sa serviette.

— C'est du véritable Limoges, avait-il expliqué. Il y en a mille, exactement pareils. Inutile de vous faire remarquer la finesse de la pâte et des coloris, car vous vous y connaissez. Cela faisait partie d'une grosse commande de divers animaux destinée à l'exportation... Que s'est-il passé ? A quoi a pensé l'artiste ? Comment personne, au moulage, puis à la cuisson, ne s'est-il aperçu de son oubli ? Toujours est-il que le lot était terminé quand on s'est avisé que les petits cochons n'avaient pas de queue... Eh bien ! Monsieur François, vous le croirez si vous voulez, cela a suffi pour qu'il soit impossible de les vendre... Je vous offre tout le lot, les mille petits cochons... Dites un prix...

M. François avait cité un chiffre dérisoire, et le lendemain on lui livrait les caisses. Un an plus tard, il n'en avait pas vendu deux exemplaires, car, chaque fois qu'il mettait un des bibelots dans la main d'un client, celui-ci ne manquait pas de remarquer :

— Dommage que sa queue soit cassée...

— Elle n'est pas cassée. Il n'a jamais eu de queue...

Et pourtant, depuis, les petits cochons disparaissaient les uns après les autres de la boutique. Mieux : ceux qui les emportaient ne marchandaient pas, ne fouillaient pas le magasin, demandaient tout de suite, en entrant :

— Vous avez des petits cochons de porcelaine ?

Il se passait à leur sujet quelque chose d'encore plus bizarre. Lorsque le client demandait le prix, M. François réfléchissait plus longtemps qu'il n'est coutume et citait un chiffre presque toujours différent.

— Vingt-deux francs...

Ou vingt et un, ou vingt-trois, rarement moins de vingt. Mais une fois, par exemple, il avait dit simplement :

— Un franc.

Vingt-deux francs, cela signifiait vingt-deux

heures, soit dix heures du soir. Un franc, c'était une heure du matin. Et cela voulait dire que M. François attendrait son interlocuteur à cette heure-là dans sa villa de Joinville.

Les initiés n'étaient pas nombreux. C'étaient presque toujours les mêmes, des hommes jeunes, pour la plupart, généralement bien habillés. Certains arrivaient avec leur voiture, qu'ils laissaient au bord du trottoir, mais il y avait quelques miteux qu'on aurait pu s'étonner de voir acheter des objets aussi superflus que des petits cochons en porcelaine.

Ainsi, il pouvait y avoir du monde dans le magasin, personne ne se doutait de rien. Et l'inconnu qui s'y présentait pour la première fois n'avait pas besoin de montrer ses références : du moment qu'il demandait un petit cochon, c'est qu'il était envoyé par quelqu'un de sûr, et il serait temps de s'expliquer à Joinville.

— Il t'a apporté quelque chose ? questionnait Germaine en regardant durement son père qui caressait sa jambe malade.

— Pas cette fois-ci...

C'était trois ou quatre jours plus tôt. Et il y avait cinq ou six jours que Marcel avait parlé des sports d'hiver.

— Qu'est-ce qu'il est venu faire ?

— Ce qu'ils font tous quand ils sont dans la purée... Me demander de l'argent... Lorsqu'ils ont quelque chose à *laver*, ils sont tout doux et ils acceptent mon prix sans trop discuter... Quand ils

31

se sentent à la côte, ils reviennent et le ton change...
Tu connais la chanson :

» — Vous avez gagné assez d'argent avec moi...
La dernière fois encore, vous m'avez eu... Vous
pouvez bien me prêter quelques billets de mille en
attendant que je fasse un bon coup...

» Et les voilà qui me parlent de coups sensation-
nels, de toiles extraordinaires, des Renoir, des
Cézanne, quand ce ne sont pas des maîtres anciens.

» — Dans huit jours, dans cinq jours, je vous
les apporte... Il faut que j'attende l'occasion pro-
pice, vous comprenez ?... C'est autant votre intérêt
que le mien, puisque vous y gagnez plus gros que
moi...

M. François parlait d'une voix lasse et méprisante.

— Tous les mêmes ! soupira-t-il. Ils se figurent
que je suis avare. Je me demande même comment
pas un seul d'entre eux n'a eu assez de cran pour
venir m'assassiner ici et me voler mon magot... Car
ils s'imaginent que j'ai un magot, que je dors dessus, que mon matelas est rempli de gros billets ou
de pièces d'or...

Or c'était exact qu'il n'était pas avare, Germaine
le savait ; elle était peut-être le seul être au monde
à le savoir. Il n'était pas avare : il était maniaque.

Ces toiles, ces objets précieux que des imbéciles,
comme disait M. François qui les méprisait inten-
sément, allaient voler dans des villas ou dans des
appartements riches, il y en avait bien peu dont il

consentait à se dessaisir. Seulement les pièces douteuses, ou de second ordre.

On croyait qu'elles partaient pour l'Amérique, alors que la plupart restaient dans la villa de Joinville, où le vieil homme était seul, le soir, à les contempler.

— Tu lui en as donné ?

— Non.

— Que lui as-tu dit ?

Elle connaissait son père. C'était justement parce qu'elle le connaissait qu'un jour, alors qu'elle avait à peine vingt ans, elle s'était définitivement séparée de lui.

Un homme était mort, à cause de la passion du vieil antiquaire, un garçon qui avait vingt-deux ans. Il avait acheté un petit cochon sans queue, lui aussi, et ce n'était sans doute pas le premier. Il était venu dans cette même pièce où il n'y avait pas une œuvre d'art, où les murs étaient ornés d'horribles lithographies encadrées de noir. Les chefs-d'œuvre, qui aurait pensé à aller les chercher dans la cave ?

Germaine, par hasard, sans le vouloir, avait assisté à leur entretien.

— Deux mille seulement... suppliait le jeune homme. Je vous jure que j'en ai *absolument* besoin... Mon amie est malade... Il faut que je la fasse opérer... Je ne veux pas l'envoyer à l'hôpital gratuit... Comprenez-vous ?...

Et son père soupirait :

— Qu'est-ce que tu m'as apporté la dernière fois ?

— Un petit Monticelli, vous le savez bien... Vous m'avez donné tout juste le prix du cadre... Je me suis renseigné depuis, et je sais qu'il valait au bas mot cent mille francs...

— A condition de le vendre et de ne pas se faire prendre... Vois-tu, mon petit, je ne suis qu'un pauvre homme, moi aussi... Apporte-moi quelque chose, et je te le payerai au plus juste prix... Je ne suis pas assez riche pour jouer les philanthropes...

— Mais puisque ce n'est qu'une avance...

— Une avance sur quoi ?

— Sur ce que je vous apporterai un de ces jours...

— Tu as une affaire en vue ?

Il était clair que non. Le gosse hésitait, tout rouge.

— Ah ! si tu m'apportais un Manet... Ne fût-ce qu'un petit Manet...

A cette époque, M. François avait la passion des Manet. Car, périodiquement, il avait ainsi une passion dominante.

— Où est-ce qu'il y en a ?

— Je ne sais pas, moi... Un peu partout... Evidemment, il en existe dans les galeries, mais c'est difficile...

— Les galeries sont gardées la nuit... Sans compter qu'il y a des avertisseurs électriques et tout un tas d'appareils nouveaux...

— La semaine dernière, à la salle des Ventes, un banquier en a acheté un qui me plaisait...

— Comment s'appelle-t-il ?

— Lucas-Morton... Remarque que ce que je t'en dis...

— Si je vous apportais son Manet, combien me donneriez-vous ?

— J'irais jusqu'à vingt mille... Mettons trente...

Le surlendemain, on lisait dans les journaux du matin qu'un cambrioleur de vingt-deux ans avait été abattu, dans la propriété de M. Lucas-Morton, à Versailles, par le gardien de nuit, au moment où il tentait de pénétrer avec effraction dans la galerie.

— Tu as lu ?

Il avait lu l'article sans manifester d'émotion.

— Cela ne te fait aucun effet ?

— Je n'y suis pour rien, n'est-ce pas ?

Elle avait trop de choses à lui dire. Elle avait pré-féré se taire. Elle était partie. Et, un mois plus tard, après avoir couru les bureaux de placement, frappé à des centaines de portes, elle entrait comme ven-deuse chez Corot Sœurs.

Elle n'avait revu son père qu'une fois, au maga-sin.

— Signe... lui avait-elle dit en lui tendant un papier.

— Qu'est-ce que c'est ?

— L'autorisation de me marier.

— Avec qui ?

— Peu importe...

Il avait baissé la tête et avait signé. En soupi-rant :

— Comme tu voudras...

Il l'avait suivie des yeux tandis qu'elle sortait du

magasin, mais elle ne s'était pas retournée et elle n'avait pas vu son visage bouleversé.

Maintenant, elle était toute froide, toute dure devant lui. Elle questionnait, comme un juge :

— Qu'est-ce que tu lui as dit encore ?

Elle pensait plus que jamais au gamin qui s'était fait tuer à Versailles faute de deux mille francs pour payer l'opération de son amie. Où son père, cette fois, avait-il envoyé Marcel ? Marcel qui, lui, n'avait besoin d'argent que parce qu'il venait de se mettre en ménage et qu'il ne résistait pas au désir de conduire sa femme aux sports d'hiver.

— Je ne sais plus... Qu'il fallait évidemment qu'il apporte quelque chose pour avoir de l'argent...

— Il était venu souvent, avant ça ?

— Cinq ou six fois...

— En combien de temps ?

— En trois ans... Toujours de belles pièces... Ce n'est pas n'importe qui... Il s'y connaît... Et il ne fait pas le détail...

Marcel ne lui avait-il pas dit, avec l'air de se moquer de lui-même qu'il prenait chaque fois qu'il parlait de choses sérieuses :

— Dommage que je t'aie rencontrée trois ans trop tard...

Elle avait cru qu'il plaisantait. Au fond, elle ne l'avait jamais pris tout à fait au sérieux, et maintenant c'était à elle qu'elle en voulait.

— Je ne suis pas une crapule... avait-il dit une autre fois.

Et elle reprenait l'interrogatoire de son père.

— Ces derniers mois ?

— Il y avait bien un an que je ne l'avais vu, quand il est venu l'autre jour au magasin...

— Maintenant, j'ai besoin de savoir ce que tu lui as demandé, tu entends ?

Un receleur vulgaire prend ce qu'on lui apporte, tout ce qui a de la valeur, tout ce qui est plus ou moins facile à écouler. Mais M. François n'était pas un receleur vulgaire. C'était l'homme d'une passion, d'une passion dévorante.

Il avait parlé du Manet au petit qui était mort. C'était lui, en somme, qui l'avait envoyé chez le banquier, à Versailles.

— Réponds...

— En ce moment, je m'intéresse surtout aux Renoir... Pas aux grandes machines, qui d'ailleurs sont presque toutes dans les musées, mais aux petits Renoir, aux têtes de femmes, aux natures mortes... Il y a des natures mortes qui...

— Tu as cité un nom ?

— Je ne crois pas...

— Réfléchis...

— Non... D'ailleurs, avec Marcel, ce n'est pas nécessaire... C'est un garçon qui sort assez pour savoir où les belles pièces se trouvent...

— Attends que je donne un coup de téléphone...

Elle appela son propre numéro. Elle tressaillit en entendant la voix d'Yvette qui était tout émue, croyant sans doute que c'était Marcel qui était à l'appareil.

— Ce n'est que toi ?... Bon... Rien, ma fille...

J'aurais été contente de t'annoncer une bonne nouvelle, mais il n'y a rien... Dis donc... Je viens de lire un bouquin dont je ne trouve pas le tome 2... *La Chartreuse de Parme*... Tu ne sais pas où tu l'as fourré ?...

Cela rappelait à Germaine que Marcel, quelques jours plus tôt, lisait au lit, à côté d'elle, le second volume de *La Chartreuse de Parme*.

— Tu ne rentres pas ?

— Je crois que je vais rentrer... Le livre doit être dans la chambre... il y a une petite bibliothèque à côté du lit...

— Merci... Bonne chance !...

En raccrochant, Germaine parlait à mi-voix, sans se soucier de son père qui avait hâte de se recoucher.

— Je ne peux pas téléphoner au journal, car, s'il n'a pas été pris, cela pourrait être dangereux... Je me demande s'il a envoyé son article... S'il l'a envoyé, il a dû rester à la salle Wagram jusqu'à la fin, c'est-à-dire jusque vers onze heures... Puis écrire son papier, le porter ou le faire porter... Dans ce cas...

Il était cinq heures et demie du matin. Le compteur du taxi tournait toujours, tel un rat rongeur, devant la villa, mais elle n'en avait cure.

— Des Renoir...

— Il y a tant de gens qui en ont !... soupira son père. Tu ferais mieux d'aller te coucher... Rien ne prouve qu'il se soit fait pincer... Au surplus, ce ne serait pas trop grave pour lui, parce qu'il n'a jamais été condamné... Tu comprends ? Ce n'est pas comme un récidiviste... Avec un bon avocat...

Elle répétait en se levant :

— Des Renoir...

Pourquoi avait-elle l'impression que c'était d'elle que le salut de Marcel dépendait ? Pas un instant elle n'avait pensé à lui en vouloir. Et comment lui en aurait-elle voulu ? Est-ce qu'elle ne lui avait pas caché, elle aussi, sa véritable personnalité ? Est-ce qu'elle n'était pas la fille de M. François ?

Et, parce qu'elle était sa fille, elle savait comment ces choses-là se passent. Tout d'abord, il fallait écarter l'idée d'un coup mûrement préparé. S'il en avait été ainsi, ce n'était pas au second coup de téléphone seulement, à dix heures et demie, qu'elle aurait senti dans la voix de son mari quelque chose d'anormal.

Il venait seulement de prendre une décision. Pourquoi à dix heures et demie ? Et pourquoi à la salle Wagram ?

— Rue Caulaincourt... dit-elle au chauffeur, tandis que M. François remettait les verrous à sa porte et montait se coucher.

Il pleuvait toujours, toujours aussi fin. Elle avait froid, dans le fond du taxi dont la vitre ne fermait pas hermétiquement.

Marcel, comme la plupart des « clients » de son père, ne devait opérer que dans les appartements vides. C'est assez facile, dans Paris, parce que les domestiques, presque toujours, ne couchent pas dans l'appartement, mais au sixième ou au septième étage, où se trouvent les chambres de bonnes.

Le petit qui s'était fait tuer à Versailles avait eu le tort, lui, d'opérer dans un hôtel particulier.

Elle revenait toujours, avec une obstination machinale, à son point de départ :

— A dix heures et demie...

La salle Wagram. Le ring entouré de cordes. Les milliers de spectateurs, dans la poussière de lumière crue. Marcel à la table de la presse...

Or c'est là que, soudain, l'idée lui était venue... Les Renoir... Il avait donc vu, dans la foule, quelqu'un qui possédait des Renoir, quelqu'un dont l'appartement, vraisemblablement, serait vide jusqu'à la fin de la soirée...

Cela lui paraissait tellement évident qu'elle ne mettait pas en doute cette reconstitution des faits.

La salle Wagram... Les sports d'hiver, peut-être l'auto dont il avait tant envie... Cette vieille canaille de M. François qui refusait de lui prêter quelques billets, mais qui en donnerait beaucoup contre un ou plusieurs petits Renoir...

Et, parmi les rangs de têtes qu'éclairaient les projecteurs, dans les premiers rangs, sans doute, quelqu'un qui concrétisait tout cela, quelqu'un qui représentait les Renoir, la neige, la voiture rapide...

Tant que ce quelqu'un serait là, à regarder les boxeurs, il n'y aurait pas de danger...

Mais pourquoi Marcel avait-il téléphoné à Germaine ? Pressentiment ? Avait-il l'impression, lui qui n'avait jamais été pris, qu'il pourrait rater son coup ? Voulait-il, pour se rassurer, entendre sa voix ? Hésitait-il encore ? Si, par exemple, elle avait insisté pour qu'il rentre le plus tôt possible, si elle s'était plainte de la solitude... ?

Mais non ! Elle avait crâné, au contraire ! Elle ne voulait jamais avoir l'air d'être pour lui un empêchement à quoi que ce fût. Il était libre. Elle avait décidé, dès le premier jour, qu'elle lui laisserait la sensation de sa liberté.

Elle ne lui avait même pas dit, comme le font toutes les femmes, comme elle en avait envie :

— Ne rentre pas trop tard...

Elle ne lui avait pas avoué que cette soirée solitaire était pour elle lourde de mélancolie.

C'était sa faute. Il avait environ une heure devant lui. Où était-il allé ? Vers quel quartier de Paris s'était-il précipité ?

Il y avait la question de la clef. D'habitude, cela demande une longue préparation : se procurer la clef d'un appartement ou prendre les empreintes de la serrure et fabriquer une fausse clef.

Il n'en avait pas eu le temps. Elle était sûre, elle voulait l'être, qu'il n'avait rien préparé à l'avance. D'ailleurs, n'était-il pas resté un an sans rien apporter à M. François ?

Pour une raison ou pour une autre, peut-être parce qu'il était dégoûté, peut-être parce qu'il avait peur, il avait voulu changer de vie. La preuve, c'est qu'il l'avait épousée. Le plus vite possible. Afin d'éviter toute nouvelle tentation ?

Cela arrive qu'on réussisse trois ou quatre coups

brillants et que soudain on soit pris de panique. On se dit qu'on a eu une veine insolente, que cela ne peut pas durer, qu'à la fois suivante on payera.

Dangereux état d'esprit, si on a le malheur de recommencer, parce que c'est alors qu'on se fait pincer. Faute d'avoir la foi. Ou l'insouciance. On se fait posséder bêtement, on bute sur un détail idiot...

Elle ne pouvait quand même pas téléphoner à la police. Les journaux ne paraîtraient que dans une heure. Et souvent les journaux du matin n'ont pas tous les faits divers de la nuit.

Elle le voyait à la P.J., dans le bureau de quelque inspecteur occupé à l'interroger après lui avoir enlevé sa cravate et ses lacets de souliers... Elle le voyait à l'hôpital, à la...

Non, pas à la morgue ! Rien que ce mot-là lui donnait envie de crier.

— Des Renoir...

Chose curieuse, il lui semblait qu'elle n'avait qu'un petit effort à accomplir, qu'elle était tout près de la vérité. Pourquoi ce mot Renoir lui était-il familier, non à cause du peintre, dont elle connaissait évidemment les œuvres, mais comme un mot qu'on a lu ou entendu récemment ?

Mieux : elle aurait juré que c'était la voix de Marcel qui l'avait prononcé. Mais quand ? Mais où ? A quelle occasion ?

Le taxi s'arrêtait au coin de la rue Caulaincourt, et elle voyait ses fenêtres éclairées, fouillait dans son sac. Elle n'avait pas assez d'argent sur elle. Elle avait pensé à tout, sauf à ça.

— Attendez-moi un instant. Je monte chercher de la monnaie...

Elle courait dans l'escalier. Elle rougissait en se souvenant que, la veille, elle avait payé le tapissier avec ce qui restait d'argent liquide à la maison.

— Ecoute, ma pauvre Yvette...

Elle avait honte. Jamais elle n'avait été aussi honteuse de sa vie. Yvette, qui avait retiré sa robe pour être plus à son aise et qui était en combinaison, lisait, étendue sur le divan du salon.

— Est-ce que tu as de l'argent ?

— Il t'en faut beaucoup ?

— De quoi payer le taxi... Je ne sais plus combien... Marcel n'est pas ici et c'est lui qui a notre fortune dans son portefeuille...

Yvette fouillait dans son sac, en tirait quatre cents francs.

— Cela suffira ?

— Je pense...

Elle redescendait les six étages en parlant toute seule, s'excusait auprès du chauffeur ; elle se sentait très misérable ce soir-là, comme coupable vis-à-vis de tout le monde.

Elle remonta plus lentement, essoufflée. Yvette avait remis sa robe et, tenant déjà son chapeau à la main, se dirigeait vers le miroir.

— Je suppose que tu n'as plus besoin de moi ?

Elle faillit dire que si, qu'elle avait peur de rester seule, mais elle n'osa pas.

— Je te remercie et je te demande encore pardon... Tu peux cependant me rendre un autre service... Si tu ne me vois pas à neuf heures au magasin, veux-tu dire aux demoiselles Corot que je ne suis pas bien, que je viendrai plus tard, que je ne viendrai peut-être pas du tout ?... Je t'expliquerai un jour... C'est beaucoup plus terrible que tu ne le penses...

— Toutes les femmes mariées disent ça !... Même celles qui ne sont pas mariées...

— Tu ne peux pas comprendre...

— Je sais... On ne peut jamais comprendre...

Puis, au moment de passer son manteau :

— Tu ne préfères pas que je reste ?

— Merci... Tu es bien gentille... Je vais essayer de dormir un peu...

— Tu parles !... Enfin !... Tout ça finira par se tasser... Je t'ai laissé un peu de cognac... Tu ferais bien de le boire...

Elle avait, ce matin-là, avec son visage pâle et ses paupières un peu rouges, une vraie tête de clown, et la grimace qu'elle fit pour prendre congé, un drôle de sourire qui voulait être encourageant, accentua la ressemblance.

— Bonne nuit, ma fille !... Si on peut dire...

Germaine faillit la rappeler, parce qu'à peine seule il lui semblait entendre la voix de Marcel qui l'appelait, de Marcel qui, quelque part, avait besoin d'elle, de Marcel qui réclamait du secours.

Mais d'où ?

Dans une demi-heure, les toits s'éclairciraient,

deviendraient d'un gris luisant, et on verrait monter la fumée de toutes les cheminées de Paris, on devinerait les rues profondes entre les blocs de maisons, le vrombissement des autobus, les pas de centaines de milliers de petits hommes commençant à s'agiter dans une journée de décembre froide et mouillée.

Marcel était quelque part, et Germaine, cramponnée à la rampe froide de son balcon, regardait en tous sens ce panorama gigantesque comme si soudain son regard devait s'arrêter sur un point précis, comme si elle allait pouvoir se dire, inspirée :

— C'est là...

3

Le grand vase de Sèvres et l'oncle de la comtesse

Sept heures et demie. Du balcon, on voit la camionnette des Messageries Hachette qui fait le tour des dépôts de journaux et qui s'arrête un instant devant le bistrot d'en face. Le chauffeur en casquette de cuir traverse le trottoir en portant un gros tas de quotidiens à l'encre encore fraîche.

Germaine descend, en cheveux. La concierge est en train de passer un torchon mouillé dans le corridor. Elle ne la connaît pas encore très bien, cette femme qui louche légèrement. Il y a un mois qu'elle essaie de l'amadouer, parce qu'à Paris il est indispensable d'être dans les bonnes grâces de sa concierge. Celle-ci, peut-être à cause de son œil, a l'air méfiant.

— Il me semble que vous avez eu de la visite, cette nuit, remarque-t-elle. J'ai tiré trois ou quatre fois le cordon pour chez vous. Il n'y a rien qui n'aille pas, au moins ?

Certaines gens ont le sens du malheur. Celle-ci en est. Attention ! Germaine s'efforce d'être souriante pour répondre :

— C'est mon mari qui m'a envoyé une des

secrétaires du journal pour me dire qu'il devait partir tout de suite pour Londres... Il y a aujourd'hui un grand match... Il a été désigné au dernier moment... J'ai dû lui porter ses affaires à son bureau...

— Ah ! bien... J'avais pensé que vous aviez peut-être quelqu'un de malade...

Et d'une ! Le journal, maintenant. Elle l'achète. Elle entre dans le petit bar et boit un café au comptoir, trempe un croissant, en tournant les pages le plus naturellement possible.

Le match de la salle Wagram... Un article de trois quarts de colonne... Signé Marcel Blanc.

Cela fait une drôle d'impression, comme de recevoir, quand on est loin, la lettre de quelqu'un qui est mort entre-temps, ou de voir parler au cinéma un homme qu'on sait enterré depuis longtemps.

Mais non ! Marcel n'est pas mort ! Elle mange un, deux, trois croissants. Elle en a honte, mais elle a faim. Quatre croissants ! Elle lit l'article. Elle sait bien qu'il n'est pas de lui. Il y a dans ses phrases quelque chose qui lui appartient en propre, des tics, des tournures... Elle n'ignore pas qu'entre journalistes on se rend volontiers, à charge de revanche, de ces petits services.

— Tu feras mon papier et tu l'enverras au journal...

Dactylographié, probablement.

Elle remonte chez elle. Yvette a presque vidé la bouteille de fine. Elle l'a toujours soupçonnée de ne pas détester l'alcool. Elle boit le reste. Elle s'étend, parce qu'elle a mal aux reins. Elle en aura encore plus honte que son appétit, mais elle s'endort. Il n'y avait aucun cambriolage dans le journal, aucun fait divers pouvant se rapporter à Marcel. Cela ne signifie rien.

Dix heures. Pas de téléphone. Dans une demi-heure, sur les grands boulevards, qui sont desservis les premiers, on commencera à vendre le journal de midi. Elle s'habille. Bien qu'elle n'ait bu qu'un fond de bouteille, pour se remonter, elle a la gueule de bois, comme après une véritable orgie. Elle pense à Yvette qui a vidé les trois quarts de la bouteille. Il lui reste un peu moins de cent francs dans son sac. Tant pis ! Elle prend un taxi !

Elle achète à un camelot le journal de midi. Elle a les jambes molles. Elle a vraiment la gueule de bois, et cela lui rappelle un souvenir. Cela lui est arrivé une fois de trop boire, avec Marcel, quand ils sont allés à une soirée chez les...

Elle s'assied au café *Mazarin*, et voilà qu'elle trouve à la première page le nom qu'elle cherchait :

Tentative de cambriolage chez le comte de Nieul.

Chez le comte et chez la Petite Comtesse, par-bleu, comme on appelle celle-ci, parce qu'elle est mignonne et remuante en diable ! Des gens qui s'occupent de tout, de sport, d'art, de cinéma, qui sortent toutes les nuits ou qui reçoivent beaucoup dans leur appartement de l'avenue d'Iéna. Ils y sont allés ensemble, Marcel et elle, un soir que s'y pres-

48

saient au moins trois cents personnes, des journalistes, des actrices, des médecins et des avocats
célèbres. C'était la cohue.

— Regarde, lui avait fait observer Marcel, ils ont
les plus beaux Renoir de la période rose...

Elle n'a à peu près rien vu. Il y avait trop de
monde. On vous mettait sans cesse des verres de
champagne ou de whisky dans la main. Une maison où l'on boit ferme...

Voilà ce qu'elle avait tant cherché pendant la
nuit : le comte et la comtesse de Nieul. Ils ne ratent
pas un match de boxe, ni une première de cinéma,
ni... Et la Petite Comtesse écervelée...

*Une curieuse tentative de cambriolage, qui a
failli se terminer tragiquement, a eu lieu cette nuit
au domicile du comte et de la comtesse de Nieul,
bien connus du Tout-Paris, tandis que ceux-ci se
trouvaient à la séance de la salle Wagram. Un
détail, qui n'a été connu que par la suite, donne à
penser que le cambriolage a été fortuit, car, en rentrant chez elle, vers deux heures du matin, la comtesse de Nieul s'est aperçue qu'elle avait perdu,
pendant la soirée, la clef de son appartement,
qu'elle avait dans son sac en sortant.*

Or l'inconnu...

Il y eut soudain moins de pâleur sur les joues de
Germaine.

... qui s'était introduit dans son appartement, en se servant de la clef, vers onze heures dix, n'a pu se procurer celle-ci qu'à la salle Wagram. Il est impossible que cette clef ait été volée sciemment par un audacieux pickpocket, le sac étant muni d'une fermeture éclair.

La Petite Comtesse, comme le Tout-Paris l'appelle, se souvient que dans la cohue, alors qu'elle se dirigeait vers sa place, il lui est arrivé de prendre son mouchoir. La clef est-elle tombée à ce moment ? Celui qui l'a ramassée, en tout cas, savait à qui il avait affaire et le parti qu'il pouvait en tirer.

C'est ce qui restreint le champ des investigations. Toujours est-il que vers onze heures l'homme pénétrait dans l'appartement qu'il croyait vide et qui aurait dû l'être. C'est un hasard que M. Martineau, l'oncle de la comtesse de Nieul soit arrivé le soir même et se soit senti trop fatigué pour accompagner ses hôtes à la salle Wagram.

Il venait de s'endormir, quand il entendit un fracas dans le grand hall d'entrée où sont accrochées les plus belles toiles de la maison. Effrayé, comme bien on le pense, il se munit d'un revolver...

Les mots, les lettres dansaient. Malgré son désir de savoir la fin, Germaine était obligée de relire deux ou trois fois la même ligne, tandis qu'un garçon posait sur son guéridon un mandarin-curaçao.

Dans le hall, rien que le faisceau d'une lampe

électrique de poche. Un homme encore debout sur une chaise. L'oncle entre, son revolver à la main. L'homme bondit, court dans l'obscurité, le renverse d'un coup de poing.

M. Martineau a tiré, sans le savoir, affirme-t-il, sous le coup de l'émotion. On a tout lieu de croire que la balle, par hasard, a atteint son but, car on a retrouvé des traces de sang sur le tapis et jusque dans l'escalier.

Le cambrioleur a-t-il été grièvement blessé ? Il n'est pas encore possible de le savoir, mais son arrestation n'est sans doute qu'une question d'heures. M. Martineau, qui est un homme âgé, était trop ému, par surcroît, pour le poursuivre avec toute la célérité nécessaire.

Probablement s'agissait-il d'un novice ou d'un amateur. Ce qui donne à le penser, c'est que le fracas entendu par l'oncle de la Petite Comtesse a été produit par l'éclatement d'un gros vase de Sèvres, un vase quasi historique, de très grande valeur, datant de l'époque napoléonienne. Ce vase se trouvait sous un adorable Renoir, une « Baigneuse » rose que l'amateur, trop ému, a laissé tomber au moment de le décrocher.

Cela restreint le champ des recherches. Mais il y avait quand même six mille personnes à la salle Wagram et...

Elle but son mandarin-curaçao sans s'en rendre

compte, plia le journal tout menu et le glissa dans son sac.

Pourquoi, malgré tout, tandis qu'elle sortait du café, y avait-il dans ses yeux une lueur de satisfaction ? Parce que Marcel n'était pas pris, certes ! Mais aussi parce qu'elle ne s'était pas trompée.

Cette histoire de clef... Ne l'avait-elle pas presque devinée, grâce au coup de téléphone de dix heures et demie ? Il avait vu la Petite Comtesse laisser tomber sa clef. Il se souvenait du Renoir, lui aussi.

Et, ce qui faisait le plus plaisir à Germaine, *il avait été maladroit !* Il avait laissé choir le tableau sur le vase de Sèvres. Est-ce que sa main tremblait ? En tout cas, il avait peur. Il se conduisait comme un novice, ou comme quelqu'un qui se dit :

— Encore une fois... Une seule !

En sentant que ce n'était plus son affaire, qu'il n'était plus l'homme de ces sortes de besogne...

— Idiot... fit-elle à mi-voix, dans la foule des grands boulevards.

Cher idiot, oui ! Il était bien avancé. Qu'est-ce qu'il avait fait, une fois dans la rue, blessé, avec son sang qu'il perdait et qui suffisait à le trahir ? Il avait couru pour s'éloigner de la maison. Bon. Il s'était peut-être reposé dans une encoignure. Et après ?

— Pourvu qu'il n'ait pas commis la sottise de prendre un taxi...

Parce que la police interrogerait tous les chauffeurs de taxi. C'était sans doute déjà commencé. Même ému Marcel devait être plus malin que ça.

52

— Idiot !

Oui, idiot, de n'être pas venu tout de suite à la maison. Elle l'aurait soigné, elle. Elle aurait trouvé un médecin ami, n'importe quel médecin qu'elle lui aurait amené en se réclamant du secret professionnel. Ils ne peuvent pas refuser ça.

Il avait eu honte, évidemment.

— Au fond, je ne suis pas une crapule...

Elle avait l'impression de lui parler tout en marchant, et elle n'avait jamais été aussi tendre avec lui. Elle aurait mieux fait de commencer plus tôt, de ne pas le prendre au sérieux, de comprendre qu'avec ses sourires malins ce n'était jamais qu'un gosse, un sale gosse qui avait besoin d'elle pour le tirer du mauvais pas où il s'était fourvoyé.

Idiot, oui !... Comme tous ces gamins qui venaient trouver son père, qui faisaient les braves et qui, au fond, tremblaient dans leurs culottes.

Monsieur voulait lui offrir les sports d'hiver et la promener en auto ! Et elle n'avait pas protesté. Est-ce qu'elle n'aurait pas dû lui dire :

— T'es fou, mon petit... On verra ça plus tard... En attendant, écris tes articles sur la boxe ou sur le rugby...

Bien sûr qu'elle ne s'était pas trompée quand, cette nuit, elle pensait qu'il l'appelait. Il avait besoin d'elle, parbleu ! Seulement, il n'avait pas osé venir lui demander du secours.

— Monsieur est trop fier...

Bougre de bougre d'idiot chéri ! Il était capable, à présent, de faire des bêtises. Il n'était pas resté dans la rue, sous la pluie qui tombait toujours, depuis la veille à onze heures dix. Où était-il allé se faire soigner ?

Et il se demandait ce qu'elle pensait ! Il la voyait en larmes, se croyant déjà trompée ou abandonnée.

Petit idiot...

C'est pour cela qu'elle n'arrivait pas à désespérer, qu'il y avait malgré tout en elle une sorte de joie : parce qu'elle le découvrait tout petit, et qu'il avait besoin d'elle.

Au début, c'était elle qui avait tremblé. Tremblé qu'il découvrît qui elle était réellement, tremblé qu'il sache un jour ce que faisait son père, tremblé de n'être rien à côté de lui...

Et c'était lui...

Elle marchait toujours et elle pensait, elle s'efforçait de ne pas penser à mi-voix selon son habitude de vieille fille.

Au fait, il fallait parer au plus pressé. Quelqu'un pouvant l'avoir vu, salle Wagram, dans le sillage de la Petite Comtesse. Maintenant, il y a déjà une heure qu'il aurait dû être au journal. Elle entra dans un autre café. Tant pis : encore un mandarin-curaçao. Téléphone.

— Allô, mademoiselle, voulez-vous avoir la gentillesse de me passer le rédacteur en chef ? Ici, c'est Mme Blanc...

Comme cela, on ne s'inquiéterait pas. Elle ne savait pas si elle avait tort ou raison, mais il fallait éviter qu'on s'inquiète.

— Allô ? Monsieur Manche ?... Ici, Mme Blanc...

54

Mon mari vous demande de l'excuser... Quand il est rentré, cette nuit, après vous avoir envoyé son article, je l'attendais avec un télégramme d'une de ses tantes dont le mari vient de mourir en province... Il est parti par le premier train du matin... Il sera quelques jours absent...

Elle se sentait forte, à présent, surtout qu'en téléphonant elle venait de penser à Jules.

Marcel était venu deux fois à Morsang avec lui. C'était un médecin. Il avait passé sa thèse de médecine l'année précédente, mais, faute d'argent pour s'établir, il travaillait comme préparateur dans une grande pharmacie du boulevard Sébastopol. Un grand garçon osseux, un peu chevalin, avec des cheveux frisés, d'un blond chérubin, qui n'allaient pas du tout avec le reste de sa physionomie.

Il fallait retrouver Jules. Elle ne se souvenait même pas de son nom de famille. Elle n'avait jamais connu son adresse.

Taxi. Tant pis pour les cent francs qui lui restaient. Déjà écornés, au surplus !

— Pardon, monsieur, je voudrais parler à M. Jules... Vous savez, le grand blond qui est souvent à ce rayon...

— Le docteur Belloir ?

— C'est ça... Oui... Un blond frisé, avec un grand nez.

Cela prit du temps. On ne voulait pas lui donner l'adresse.

— Le docteur Belloir n'est pas venu ce matin et

n'a pas le téléphone. Revenez cet après-midi. Peut-être sera-t-il là.

— J'ai absolument besoin de le voir tout de suite. Je suis sa cousine. Je viens d'arriver à Paris, et il devait m'attendre à la gare. Il m'a sans doute ratée...

Conciliabules. Enfin :

— Si vous êtes vraiment sa cousine...

— Je vous jure... Mon père et le sien...

— 246, rue du Mont-Cenis...

Tout en haut de Montmartre. Près du Sacré-Cœur. Quinze francs de taxi. Une drôle de cour, presque une cour de ferme. Au fond, un petit pavillon d'un étage avec un menuisier au rez-de-chaussée et un escalier de fer à l'extérieur.

— M. Belloir ?

— Au premier...

Elle grimpa, frappa à une porte vitrée, faute de sonnette.

— Qu'est-ce que c'est ? cria une voix qu'elle ne reconnaissait pas.

Et elle, froidement :

— C'est moi !

Parce que cela prend toujours. En effet, il y eut des pas traînants ; le visage chevalin se colla à la vitre, se retourna. Elle eut la certitude que Jules parlait à quelqu'un. Son cœur battait.

— Ouvrez...

Il n'avait qu'un pantalon flasque et une chemise sur le corps. Il n'était pas rasé.

56

— Excusez-moi. Je ne vous avais pas reconnue. Qu'est-ce qui me vaut l'honneur ?...

— Où est Marcel ?

Ce n'était pas une vraie chambre. C'était tout ce qu'on voulait, une vaste pièce, sorte d'atelier comme celui du menuisier d'en bas, mais qu'on avait séparée en deux à l'aide d'un rideau de jute. En avant du rideau, c'était ce qu'on appelait sans doute le salon, deux vieux fauteuils défoncés, une table, des bouquins, une lampe.

— Mais... je ne sais pas...

— Ecoutez, Jules...

Quand il l'avait reconnue à travers la vitre, il avait parlé à quelqu'un, n'est-il pas vrai ? Donc, il y avait quelqu'un derrière le rideau. Tant pis si c'était une femme. Et peu importait de savoir si c'était les mandarins-curaçao qui lui donnaient son assurance.

Elle fit trois pas. Il n'en fallait pas plus. Elle souleva la tenture.

Et Marcel était là, qui la regardait avec un air tellement effrayé qu'elle faillit éclater de rire tout en fondant en larmes et qu'elle ne trouva qu'un mot à dire :

— Idiot !...

Elle pleurait vraiment tout en riant. Elle n'osait pas le toucher, parce qu'il était très pâle et qu'un énorme pansement entourait sa poitrine.

— Tu t'es cru malin, n'est-ce pas ?

— Chérie...

— Idiot...

— Ecoute, chérie...

— Moi qui ai horreur de la neige...

— Je te jure...

— Et d'abord, tu vas rentrer tout de suite à la maison...

— Il ne veut pas...

— Qui ?

— Jules...

Jules était resté dehors, par discrétion, dans l'escalier, où il grelottait, sans veston.

— Jure-moi que... disait-elle.

— Ce n'est pas la peine...

— Pourquoi ?

— Parce que c'est fait...

— Avoue que tu avais peur...

Il détourna la tête vers le mur blanchi à la chaux.

— J'avoue...

— Demande-moi pardon...

— Pardon...

— Dis que tu ne recommenceras plus et que je t'accompagnerai à tous les matches de boxe...

— Je dis...

— Et si jamais je trouve encore un petit cochon sans queue dans tes poches...

Alors seulement on parla sérieusement.

Bradenton Beach (Floride), le 28 novembre 1946.

SOUS PEINE DE MORT

1

L'œil de l'un et la jambe de l'autre

Le premier message, une carte postale en couleurs qui représentait le palais du Négus, à Addis-Abéba, et qui portait un timbre d'Ethiopie, disait :

« On finit par se retrouver, crapule. Sous peine de mort, te souviens-tu ?

Ton vieux : JULES. »

Cela datait de sept mois. Au fait, Oscar Labro avait reçu cette carte quelques semaines après le mariage de sa fille. A cette époque-là, il avait encore l'habitude de se lever à cinq heures du matin pour aller à la pêche à bord de son bateau. Quand il en revenait, vers onze heures, le facteur était presque toujours passé et avait posé le courrier sur la tablette du portemanteau, dans le corridor.

C'était l'heure aussi à laquelle Mme Labro, au premier étage, faisait les chambres. Etait-elle descendue alors que la carte se trouvait, bien en évidence, avec ses couleurs violentes, sur la tablette ? Elle ne lui en dit rien. Il l'épia en vain. Est-ce que le facteur — qui était menuisier dans l'après-midi — avait lu la carte ? Et la postière, Mlle Marthe ?

M. Labro alla encore quelquefois à la pêche, mais il en revenait plus tôt et, dès dix heures, avant le départ du facteur pour sa tournée, il était au bureau de poste, à attendre que Mlle Marthe eût fini de trier le courrier. Il la regardait faire à travers le grillage.

— Rien pour moi ?

— Les journaux et des prospectus, monsieur Labro. Une lettre de votre fille...

Donc, elle avait le temps d'examiner les enveloppes, de lire ce qui y était écrit, de reconnaître les écritures.

Enfin, le quinzième jour, il y eut une seconde carte postale et la postière prononça le plus naturellement du monde en la lui tendant :

— Tiens ! C'est du fou...

Donc, elle avait lu la première. Celle-ci ne venait plus d'Ethiopie, mais de Djibouti, dont elle représentait la gare blanche inondée de soleil.

« Espère, mon cochon. On se reverra un jour. Sous peine de mort, tu comprends. Bien le bonjour de

                                        JULES. »

— C'est un ami qui vous fait une farce, n'est-ce pas ?

— Une farce qui n'est même pas spirituelle, répliqua-t-il.

En tout cas, Jules se rapprochait. Un mois plus tard, il s'était rapproché davantage, puisque sa troisième carte, une vue de port, cette fois, était datée de Port-Saïd.

« Je ne t'oublie pas, va ! Sous peine de mort, mon vieux. C'est le cas de le dire, pas vrai ? Ton sacré
JULES. »

Et, de ce jour, M. Labro cessa d'aller à la pêche. De Port-Saïd à Marseille, il n'y a guère que quatre ou cinq jours de navigation, selon les bateaux. De Marseille à Porquerolles, on en a pour quelques heures seulement, par le train ou par l'autocar.

Chaque matin, désormais, on vit M. Labro sortir de chez lui vers huit heures, en pyjama, en robe de chambre, les pieds nus dans ses savates. Si la place de Porquerolles est une des plus ravissantes du monde, avec son encadrement de petites maisons claires, peintes en vert pâle, en bleu, en jaune, en rose, la maison de M. Labro était la plus jolie maison de la place, et on la reconnaissait de loin à sa véranda encadrée de géraniums rouges.

En fumant sa première pipe, M. Labro descendait vers le port, c'est-à-dire qu'il parcourait cent mètres à peine, tournait à droite devant l'hôtel et découvrait la mer.

Il avait l'air, déambulant ainsi, d'un paisible bourgeois, d'un heureux retraité qui flâne. Ils étaient quelques-uns, d'ailleurs, à se grouper à cette heure-là près de la jetée. Les pêcheurs qui venaient de rentrer triaient le poisson ou commençaient à réparer les filets. Le gérant de la Coopérative attendait avec sa charrette à bras. L'homme de peine de l'*Hôtel du Langoustier,* situé au bout du pays, stationnait avec sa charrette tirée par un âne.

Dans une île qui ne compte que quatre cents habitants, tout le monde se connaît, tout le monde s'interpelle par son nom ou par son prénom. Il n'y avait guère que Labro qu'on appelait monsieur, parce qu'il ne faisait rien, parce qu'il avait de l'argent, et aussi parce qu'il avait été pendant quatre ans le maire de l'île.

— Pas à la pêche, monsieur Labro ?

Et lui grognait quelque chose, n'importe quoi. A cette heure-là, le *Cormoran,* qui avait quitté Porquerolles une demi-heure plus tôt, abordait à la pointe de Giens, là-bas, de l'autre côté de l'eau miroitante, sur le continent, en France, comme disaient les gens de l'île. On le voyait, petite tache blanche. Selon le temps qu'il restait amarré, on savait s'il embarquait beaucoup de passagers et de marchandises ou s'il revenait presque à vide.

Cent soixante-huit fois, matin après matin, M. Labro était venu de la sorte à son mystérieux rendez-vous. Chaque matin, il avait vu le *Cormoran* se détacher de la pointe de Giens et piquer vers l'île, dans le soleil ; il l'avait vu grossir, il avait distingué peu à peu les silhouettes sur le pont. Et, à la fin, on reconnaissait tous les visages, on commençait à s'interpeller pendant la manœuvre d'accostage.

Le gérant de la Coopérative montait à bord pour décharger ses caisses et ses barils, le facteur entassait ses sacs de courrier sur une brouette, des familles de touristes prenaient déjà des photographies et suivaient le pisteur de l'hôtel.

Cent soixante-huit fois ! Sous peine de mort, comme disait Jules !

Tout à côté de l'emplacement réservé au *Cormoran,* il y avait, au bout d'un filin qui se tendait et se détendait, selon la respiration de la mer, le bateau de M. Labro, un bateau qu'il avait fait construire sur le continent, le plus joli bateau de pêche qui fût, si joli, si méticuleusement verni, si bien astiqué, tellement garni de glaces et de cuivres qu'on l'avait surnommé *l'Armoire à Glace.*

Pendant des années, mois après mois, M. Labro y avait apporté des perfectionnements pour le rendre plus plaisant à l'œil et plus confortable. Bien que le bateau ne mesurât que cinq mètres, il l'avait surmonté d'une cabine où il pouvait se tenir debout, d'une cabine aux glaces biseautées — vraiment comme un buffet plutôt que comme une armoire.

Cent soixante-huit jours que son bateau ne servait plus, que lui-même venait là, en pyjama, en savates, qu'il suivait ensuite la brouette du facteur pour être le premier servi à la poste.

Il dut attendre près de six mois une quatrième carte, d'Alexandrie, Egypte.

« Désespère pas, vieille branche ! Sous peine de mort, plus que jamais ! Le soleil tape dur, ici.

JULES. »

Qu'est-ce qu'il pouvait bien faire en route ? Et d'abord, qu'est-ce qu'il faisait dans la vie ? Comment était-il ? Quel âge avait-il ? Une cinquantaine d'années au moins, puisque M. Labro avait cinquante ans.

Naples. Puis Gênes. Il devait cheminer en prenant successivement des cargos. Mais pourquoi s'arrêter plusieurs semaines à chaque escale ?

« J'arrive, voyou de mon cœur. Sous peine de mort, évidemment.

JULES. »

Un timbre portugais, tout à coup. Ainsi, Jules ne s'était pas arrêté à Marseille. Il faisait un détour. Il s'éloignait.

Aïe ! Bordeaux... Il se rapprochait à nouveau. Une nuit en chemin de fer. Mais non, puisque la carte suivante venait de Boulogne et qu'ensuite c'était Anvers.

« T'impatiente pas, mignon chéri. On a le temps. Sous peine de mort.

JULES. »

— Il est rigolo, votre ami, disait la postière qui en était venue à guetter les cartes postales.

Est-ce qu'elle en parlait à d'autres ?

Or voilà que, ce mercredi-là, par un matin merveilleux, par une mer d'huile, sans une ride sur l'eau d'un bleu exaltant, l'événement se produisit soudain.

Jules était là ! Labro en eut la certitude alors que le *Cormoran* était encore à plus d'un mille de la jetée et qu'on ne le voyait guère plus gros qu'un bateau d'enfant. On distinguait une silhouette sombre à l'avant comme une figure de poupe, une silhouette qui, à cette distance, paraissait énorme.

Pourquoi Labro avait-il toujours pensé que l'homme serait énorme ? Et il grandissait à vue d'œil. Il se tenait toujours immobile, debout au-dessus de l'étrave qui fendait l'eau et s'en faisait des moustaches d'argent.

Un instant, l'ancien maire de Porquerolles retira ses lunettes noires, qu'il posait sur la table de nuit en se couchant et qu'il mettait dès son réveil. Pendant le temps qu'il essuya ses verres embués, on put voir son œil qui vivait, l'autre, à moitié fermé, qui était mort depuis longtemps.

Il rajusta les lunettes d'un mouvement lent, presque solennel, et il tira machinalement sur sa pipe éteinte.

Il était grand et large, lui aussi, puissant, mais empâté. L'homme, à la proue du *Cormoran,* était plus grand que lui et plus épais, coiffé d'un large chapeau de paille, vêtu d'un pantalon de toile brune et d'un veston noir en alpaga. Ces vêtements, très amples et très mous, le faisaient paraître encore plus massif. Et aussi son immobilité qui n'était pas celle de tout le monde.

Quand le bateau fut assez près, quand on put se voir en détail, il bougea enfin, comme s'il se détachait de son socle. Il marcha sur le pont et, pour marcher, il soulevait très haut l'épaule droite. Tout son côté droit se soulevait d'un même bloc qu'il laissait retomber ensuite.

Il s'approchait de Baptiste, le capitaine du *Cormoran,* visible dans sa cabine de verre. Il lui parlait, et déjà Labro aurait voulu entendre le son de sa voix. Il désignait d'un mouvement de la tête les silhouettes rangées sur le quai et Baptiste étendait la main, le montrant du doigt, lui, Labro, en prononçant sans doute :

— C'est celui-là.

Puis Baptiste visait autre chose du bout de son index, *l'Armoire à Glace*, expliquant vraisemblablement :

— Et voilà son bateau...

Les gens faisaient leurs gestes, disaient les mots de tous les jours. On lançait l'aussière qu'un pêcheur fixait à sa bitte. Le *Cormoran* battait en arrière, accostait enfin, et l'homme attendait tranquillement, immobile, avec l'air de ne rien regarder de précis.

Pour descendre à terre, il dut lever très haut sa jambe droite, et l'on comprit alors que c'était un pilon de bois. Il en martela le sol de la jetée. Il se retourna pendant qu'un matelot faisait glisser une vieille malle qui paraissait très lourde et qui avait été si malmenée pendant sa longue existence qu'on avait dû la consolider avec des cordes.

M. Labro ne remuait pas plus qu'un lapin hypnotisé par un serpent. Ils étaient à quelques mètres l'un de l'autre, celui qui n'avait qu'une jambe et celui qui n'avait qu'un œil, et leurs silhouettes se ressemblaient : c'étaient deux hommes du même âge, de même carrure, de même force.

De sa démarche, que la jambe de bois rendait si caractéristique, Jules fit encore quelques pas. Il devait y avoir là une quarantaine de personnes, les pêcheurs dans leurs barques, l'homme de la Coopérative, quelques curieux, Maurice, de *l'Arche de Noé,* qui attendait du ravitaillement pour son restaurant. Il y avait aussi une petite fille en rouge, la fille de l'ancien légionnaire, qui suçait un bonbon vert.

Jules, qui s'était arrêté, tirait quelque chose de sa poche, un énorme couteau à cran d'arrêt. Il avait l'air de le caresser. Il l'ouvrait. Puis il se penchait. Il devait avoir perdu la jambe jusqu'au haut de la cuisse, car il était obligé de se plier en deux comme un pantin.

A travers ses lunettes noires, Labro regardait, sidéré, sans comprendre. Il pensait seulement, dans ce matin idéalement clair et tout peuplé de bruits familiers :

— Sous peine de mort...

L'amarre de *l'Armoire à Glace* était lovée au

quai. D'un seul coup de son couteau à lame mons-trueusement large, Jules la trancha et le bateau esquissa un petit saut avant de dériver sur l'eau calme.

Alors on les regarda tous les deux, l'homme à l'œil unique et l'homme à la jambe de bois. On les regarda et on sentit confusément qu'ils avaient un compte à régler entre eux.

Si saugrenu qu'eût été le geste, et justement peut-être parce qu'il était saugrenu, parce que c'était le geste le plus inattendu et le plus ridicule du monde, ceux qui étaient là furent impressionnés et seule la petite fille en rouge commença un éclat de rire qu'elle ne finit pas.

Jambe de Bois s'était redressé, satisfait, semblait-il. Il les regardait avec satisfaction, tout en refermant lentement son gros couteau, et, quand un pêcheur voulut rattraper avec sa gaffe le bateau qui commençait à s'éloigner, il se contenta de prononcer :

— Laisse ça, petit...

Pas méchamment. Pas durement. Et pourtant c'était si catégorique que l'homme n'insista pas, que personne ne chercha à empêcher *l'Armoire à Glace* de dériver.

Surtout que, tout de suite après, M. Labro prononçait :

— Laisse, Vial...

On se rendait compte aussi, vaguement, de quelque chose d'extraordinaire. Ils avaient parlé, N'a-qu'un-œil et N'a-qu'une-jambe, sur le même

68

ton, d'une voix presque pareille, et tous les deux avaient le même accent, l'accent du Midi.

Même Labro, dont le front était couvert de gouttes de sueur, avait enregistré cet accent, et cela lui était allé jusqu'au cœur.

Trois pas... Quatre pas... Le mouvement de l'épaule et de la hanche, le heurt du pilon, la voix, à nouveau, qu'on aurait pu croire cordiale, qu'on aurait pu croire joyeuse, et qui lançait :

— Salut, Oscar !

La pipe ne quitta pas les dents de Labro, qui fut pendant quelques instants changé en statue.

— Je suis venu, tu vois !

Est-ce que tous les gestes étaient vraiment suspendus autour d'eux ? Du fond de la gorge arriva la voix de l'homme aux lunettes noires.

— Venez chez moi.

— Tu ne me tutoies pas ?

Un silence. La pomme d'Adam qui montait et descendait. La pipe qui tremblait.

— Viens chez moi.

— A la bonne heure !... C'est plus gentil...

Et l'autre examinait des pieds à la tête, avançait le bras pour toucher le pyjama, désignait les sandales.

— Tu te lèves tard, dis donc !... Pas encore fait ta toilette...

On put croire que Labro allait faire des excuses.

— Cela ne fait rien. Cela ne fait rien. Dites donc, vous, le petit, là... Oui, le cuisinier...

C'était Maurice, le propriétaire de *l'Arche,* qui

était en effet de petite taille et qui portait un costume blanc de cuisinier, qu'il interpellait de la sorte.

— Vous ferez porter ma malle chez vous et vous me donnerez votre meilleure chambre...

Maurice regarda Labro. Labro lui fit signe d'accepter.

— Bien, monsieur...

— Jules...

— Pardon ?

— Je dis que je m'appelle Jules... Dis-leur, Oscar, que je m'appelle Jules...

— Il s'appelle Jules, répéta docilement l'ancien maire.

— Tu viens, Oscar ?

— Je viens...

— T'as de mauvais yeux, dis donc ! Retire un moment tes verres, que je les voie...

Il hésita, les retira, montrant son œil crevé. L'autre émit un petit sifflement comme admiratif.

— C'est rigolo, tu ne trouves pas ? T'as qu'un œil, et moi je n'ai qu'une jambe...

Il avait pris le bras de son compagnon, comme on fait avec un vieil ami. Il s'était mis en route, de sa démarche saccadée dont Labro ressentait à chaque pas le contrecoup.

— J'aime mieux être à *l'Arche* que chez toi, tu comprends ? J'ai horreur de déranger les gens. Puis ta femme n'est pas rigolote.

Sa voix résonnait, formidable, avec quelque chose d'agressif, de méchant et de comique tout ensemble dans le calme absolu de l'air.

— Je me suis renseigné à bord... C'est ce vieux singe-là qui m'a donné des tuyaux...

Le vieux singe, c'était Baptiste, le capitaine du *Cormoran,* au visage brique couvert de poils grisâtres. Baptiste grogna. Labro n'osa pas le regarder.

— Tu sais, tu peux leur dire de ramener ton bateau... Nous en aurons besoin tous les deux... Parce que, moi aussi, j'aime la pêche... Dis-leur !... Qu'est-ce que tu attends pour leur dire ?

— Vial !... Tu ramèneras mon bateau !

La sueur lui coulait sur le front, sur le visage, entre les omoplates. Ses lunettes en glissaient sur l'arête mouillée de son nez.

— On va casser la croûte, dis ?... C'est joli, ici...

Un petit bout de route en pente, qu'ils gravissaient lentement, lourdement, comme pour donner plus de poids à cette minute. La place, avec ses rangs d'eucalyptus devant les maisons de couleur tendre.

— Montre-moi la tienne... C'est celle-ci ? Tu aimes les géraniums, à ce que je vois... Dis donc, il y a ta femme qui nous regarde...

On voyait Mme Labro, en bigoudis, à la fenêtre du premier étage où elle venait d'étendre la literie pour l'aérer.

— C'est vrai, qu'elle n'est pas commode ?... Est-ce qu'elle sera furieuse si nous allons fêter ça par un coup de blanc ?

A ce moment-là, M. Labro, malgré ses cinquante ans, malgré sa taille, son poids, sa force, malgré la considération dont il jouissait comme homme riche et comme ancien maire, à ce moment-là, à huit heures et demie exactement, devant la petite église jaune qui avait l'air d'un jeu de cubes, devant tout le monde, M. Labro eut envie de se laisser tomber à genoux et de balbutier :

— Pitié...

Il faillit faire pis. Il en eut vraiment la tentation. Il fut sur le point de supplier :

— Tuez-moi tout de suite...

Ce n'est pas par respect humain qu'il ne le fit pas. C'est parce qu'il ne savait plus où il en était, parce qu'il n'était plus le maître de son corps ni de ses pensées, parce que l'autre lui tenait toujours le bras, s'y appuyant à chaque pas et l'entraînant lentement, inexorablement, vers la terrasse rouge et verte de *l'Arche de Noé*.

— Tu dois venir souvent ici, pas vrai ?

Et lui, comme un élève répond à son instituteur :

— Plusieurs fois par jour.

— Tu bois ?

— Non... Pas beaucoup...

— Tu te saoules ?

— Jamais...

— Moi, cela m'arrive... Tu verras... N'aie pas peur... Quelqu'un, là-dedans !

Et il poussait son compagnon devant lui dans la salle du café, vers le bar dont les nickels brillaient dans la pénombre. Une jeune serveuse jaillissait de la cuisine et ne savait encore rien.

— Bonjour, monsieur Labro...

— Moi, on m'appelle Jules... Donne-nous une

bouteille de vin blanc, petite... Et quelque chose à manger...

Elle regarda Labro.

— Des anchois ? questionna-t-elle.

— Bon. Je vois qu'Oscar aime les anchois. Va pour des anchois. Sers-nous sur la terrasse...

Pour s'asseoir, ou plutôt pour se laisser tomber dans un fauteuil d'osier, il allongea sa jambe de bois qui resta inerte en travers du chemin. Il s'épongea avec un grand mouchoir rouge, car il avait chaud, lui aussi.

Puis il cracha, se racla longuement la gorge, comme d'autres se gargarisent ou se lavent les dents, en faisant des bruits incongrus.

Enfin, il parut satisfait, porta le verre à ses lèvres, regarda le vin blanc en transparence et soupira :

— Ça va mieux !... A la tienne, Oscar... Je me suis toujours dit que je te retrouverais un jour... Sous peine de mort, tu te souviens ?... C'est marrant... Je ne savais pas du tout comment tu étais...

Il le regarda à nouveau, avec une sorte de satisfaction, voire de jubilation.

— T'es plus gras que moi... Car moi, ce n'est que du muscle...

Et il bombait ses biceps.

— Tâte... Mais si... N'aie pas peur de tâter... Je ne connaissais que ton nom et ton prénom... ce que tu avais écrit sur la pancarte. Et tu n'es pas un homme célèbre dont on parle dans les journaux... Il y a quarante millions de Français... Devine comment je t'ai retrouvé... Allons !... Devine...

— Je ne sais pas...

Labro s'efforçait de sourire, comme pour apaiser le dragon.

— A cause de ta fille, Yvonne...

Il fut encore plus inquiet, un moment, se demanda comment sa fille...

— Quand tu l'as mariée, il y a environ neuf mois... Tiens, au fait, pas encore de résultats ?... Je disais que, quand tu l'as mariée, tu as voulu offrir une noce à tout casser et on en a parlé en première page d'un journal qui s'appelle *Le Petit Var*... Ça s'imprime à Toulon, n'est-ce pas ?... Eh bien ! figure-toi que, là-bas, à Addis-Abéba, vit un type de par ici qui, après vingt ans d'Afrique, est encore abonné au *Petit Var*... J'ai lu un numéro qui traînait chez lui... J'ai lu ton nom... Je me suis souvenu de la pancarte...

Il avait froncé les sourcils. Son visage était devenu plus dur. Il regardait l'autre en face, férocement, avec toujours, dans sa physionomie, quelque chose de sarcastique.

— Tu te souviens, toi ?

Puis, avec une cordialité bourrue :

— Bois ton verre... Sous peine de mort, hein !... Je ne m'en dédis pas... Bois, te dis-je... Ce n'est pas encore le petit coup de rhum... Comment s'appelle-t-elle, la petite qui nous sert ?

— Jojo...

— Jojo !... Viens ici, ma jolie... Et apporte-nous une nouvelle bouteille... Oscar a soif...

2

La pancarte dans l'Umbolé

Toutes les cinq minutes, l'homme à la jambe de bois saisissait son verre qu'il vidait d'un trait, et commandait d'un ton sans réplique :

— Bois ton verre, Oscar.

Et M. Labro buvait, de sorte qu'à la troisième bouteille il voyait peu distinctement, à travers l'embrasement de la place, les aiguilles de l'horloge au clocher de la petite église. Etait-il dix heures ? Onze heures ? Renversé en arrière, fumant jusqu'à l'extrême bout des cigarettes qu'il roulait lui-même, Jules questionnait d'une voix bourrue :

— D'où es-tu ?

— Du Pont-du-Las, dans la banlieue de Toulon.

— Connais ! Moi, je suis de Marseille, quartier Saint-Charles.

Il éprouvait une joie évidente à faire cette constatation. Mais sa joie, comme toutes les manifestations de sa vitalité, avait quelque chose d'effrayant. Même quand il paraissait s'attendrir sur son compagnon, il le regardait un peu avec la commisération qu'on éprouverait pour un insecte qu'on va écraser.

— Parents riches ?

— Pauvres... Moyens... Enfin, plutôt pauvres...

— Comme moi. Mauvais élève, je parie.

— Je n'ai jamais été fort en mathématiques.

— Toujours comme moi. Bois ton verre. Je te dis de boire ton verre ! Comment es-tu parti là-bas ?

— Pour une compagnie de Marseille, la S. A. C. O. Tout de suite après mon service militaire.

Il s'inquiéta aussi de savoir lequel des deux était le plus vieux. C'était M. Labro, d'un an, et cela parut lui faire plaisir.

— En somme, nous aurions pu nous rencontrer sur le bateau, comme, avant, nous aurions pu nous rencontrer au régiment. Crevant, hein ? Une autre bouteille, Jojo chérie...

Et, parce que l'autre tressaillait :

— T'en fais pas ! J'ai l'habitude. Sans compter qu'il vaut mieux pour toi que je sois saoul, parce qu'alors je deviens sentimental...

Des gens allaient et venaient autour d'eux : des pêcheurs entraient chez Maurice pour boire un coup, d'autres jouaient aux boules dans le soleil ; tout le monde connaissait Labro qui était là, à une place à laquelle on était habitué à le voir. Or personne ne pouvait lui venir en aide. On lui adressait le bonjour de la main, on l'interpellait et, tout ce qu'il avait le droit de faire, c'était d'étirer ses lèvres dans un semblant de sourire.

— En somme, quand tu as fait ton sale coup, tu avais vingt-deux ans... Qu'est-ce que tu fricotais dans le marais d'Umbolé ?

— La Société m'avait chargé, parce que j'étais

jeune et vigoureux, de prospecter les villages les plus éloignés pour organiser le ramassage de l'huile de palme. Au Gabon, au plus chaud, au plus malsain, au plus mauvais de la forêt équatoriale.

— T'étais quand même pas seul ?

— Un cuisinier et deux pagayeurs m'accompagnaient.

— Et t'avais perdu ta pirogue ?... Réponds... Attends... Bois d'abord... Bois, ou je te casse la gueule !

Il but et faillit s'étrangler. C'était tout son corps, à présent, qui était couvert de sueur, comme là-bas, au Gabon, mais cette sueur-ci était froide. Pourtant, il n'eut pas le courage de mentir. Il y avait trop pensé depuis, des nuits et des nuits, quand il ne trouvait pas le sommeil. Sans « cela », il aurait été un honnête homme et, par surcroît, un homme heureux. Cela lui venait tous les deux ou trois mois, à l'improviste, et c'était toujours tellement la même chose qu'il appelait ça *son cauchemar*.

— Je n'avais pas perdu ma pirogue, avoua-t-il.

L'autre le regardait en fronçant les sourcils, hésitant à comprendre, à croire.

— Alors ?

— Alors rien... Il faisait chaud... Je crois que j'avais la fièvre... Nous nous battions depuis trois jours avec les insectes...

— Moi aussi...

— J'avais vingt-deux ans...

— Moi aussi... Encore moins...

— Je ne connaissais pas l'Afrique...

— Et moi ?... Bois !... Bois vite, sacrebleu !... Tu avais ta pirogue et, malgré cela...

Comment M. Labro, ancien maire de Porquerolles, allait-il pouvoir expliquer, ici, dans la quiète atmosphère de son île, cette chose inconcevable ?

— J'avais un nègre, le pagayeur, qui se tenait le plus près de moi, un Pahouin, qui sentait mauvais...

C'était la vraie cause de son crime. Car il avait conscience d'avoir commis un crime et il ne se cherchait pas d'excuses. S'il avait simplement tué un homme trente ans plus tôt, il n'y penserait peut-être plus. Il avait fait pis, il le savait.

— Continue... Ainsi, tu ne supportais pas l'odeur des Pahouins, petite nature !...

Les marais d'Umbolé... Des canaux, des rivières d'une eau bourbeuse où de grosses bulles éclataient sans cesse à la surface, où grouillaient des bêtes de toutes sortes... Et pas un coin de vraie terre ferme, des rives basses, couvertes d'une végétation si serrée qu'on pouvait à peine y pénétrer... Les insectes, nuit et jour, si féroces qu'il vivait la plupart du temps le visage entouré d'une moustiquaire sous laquelle il étouffait...

On pouvait naviguer des journées sans rencontrer une hutte, un être humain, et voilà qu'entre les racines d'un palétuvier il apercevait une pirogue et, sur cette pirogue, un écriteau :

Défense de chiper cette embarcation, sous peine de mort.

Signé : *Jules.*

— Et aussi, dit-il rêveusement, parce que les mots « sous peine de mort » étaient soulignés deux fois.

Ces mots absurdes, en lettres qui imitaient l'imprimé, là, en pleine forêt équatoriale, à des centaines de kilomètres de toute civilisation, de tout gendarme ! Alors, il lui était venu une idée absurde aussi, comme il vous en pousse par cinquante-cinq degrés à l'ombre. Son nègre puait. Ses jambes, qu'il devait tenir repliées, s'ankylosaient. S'il prenait cette pirogue et s'il l'attachait à la première, il serait seul, royalement, pour la suite du voyage, et il ne sentirait plus l'odeur.

Sous peine de mort ? Tant pis ! Justement parce que c'était sous peine de mort !

— Et tu l'as prise...

— Je vous demande pardon...

— Je t'ai déjà dit de me tutoyer. Entre nous, c'est plus convenable. Moi, quand je suis revenu après avoir chassé de quoi manger, car je crevais de faim depuis plusieurs jours, je me suis trouvé prisonnier dans une sorte d'île...

— Je ne savais pas...

Non seulement il l'avait prise, mais son démon l'avait poussé à répondre à l'injonction de l'inconnu par une grossièreté. Sur la pancarte même, qu'il avait laissée bien en évidence à la place de la pirogue, il avait écrit :

Je t'emmerde !

Et il avait signé bravement : *Oscar Labro.*

— Je vous demande pardon, répétait maintenant l'homme de cinquante ans qu'il était devenu.

— ... avec des crocodiles dans l'eau tout autour...

— Oui...

— ... des serpents et de sales araignées à terre... Et mes porteurs noirs qui m'avaient lâché depuis plusieurs jours... J'étais tout seul, fiston !

— Je vous demande encore pardon...

— Tu es une crapule, Oscar.

— Oui.

— Une fameuse, une immense, une gigantesque crapule. Et pourtant, t'es heureux...

En disant cela, il regardait la jolie maison rose entourée de géraniums, et Mme Labro, qui venait de temps en temps jeter un coup d'œil à la fenêtre. Est-ce que Labro allait nier ? Allait-il répondre qu'il n'était pas si heureux que ça ? Il n'osait pas. Cela lui paraissait lâche.

Tapant sur sa jambe de bois, Jules grondait.

— J'y ai laissé ça...

Et Labro n'osait pas non plus demander comment, si c'était en cherchant à fuir, dans la gueule d'un crocodile, par exemple, ou si sa jambe s'était infectée.

— Depuis, je suis fichu... Tu ne t'es pas demandé pourquoi, après ma première carte, celle d'Addis-Abéba, je ne suis pas venu tout de suite ?... Cela a dû te donner de l'espoir, je parie... Eh bien ! c'est que je n'avais pas un sou, que je devais tirer mon plan pour gagner ma croûte en chemin... Avec mon pilon, tu comprends ?

Chose curieuse, il était beaucoup moins menaçant que tout à l'heure et, par instants, à les voir, on eût pu les prendre pour deux vieux amis. Il se penchait sur Labro, saisissait le revers de sa robe de chambre, approchait son visage du sien.

— Une autre bouteille !... Mais oui, je bois... Et tu boiras avec moi chaque fois que j'en aurai envie... C'est bien le moins, n'est-ce pas ? Ton œil, à toi ?

— Un accident... répondit Labro, honteux de n'avoir pas perdu son œil dans la forêt où l'autre avait laissé sa jambe.

— Un accident de quoi ?

— En débouchant une bouteille... Une bouteille de vinaigre, pour ma femme... Le goulot a éclaté et j'ai reçu un morceau de verre dans l'œil...

— Bien fait ! T'es resté longtemps en Afrique ?

— Dix ans... Trois termes de trois ans, avec les congés... Puis on m'a nommé à Marseille...

— Où tu es devenu quelque chose comme directeur ?

— Sous-directeur adjoint... J'ai pris ma retraite il y a cinq ans, à cause de mon œil...

— T'es riche ? Prospère ?

Alors, M. Labro eut un espoir. Un espoir et en même temps une inquiétude. L'espoir de s'en tirer avec de l'argent. Pourquoi pas, après tout ? Même au tribunal, quand on parle de peine de mort, cela ne veut pas toujours dire qu'on exécute les condamnés. Il y a le bagne, la prison, les amendes.

Pourquoi pas une amende ? Seulement, il n'osait

pas citer de chiffres, craignant que l'autre ne devînt trop gourmand.

— Je vis à mon aise...

— Tu as des rentes, quoi ! Combien de dot as-tu donné à ton Yvonne de fille ?

— Une petite maison à Hyères...

— Tu en as d'autres, des maisons ?

— Deux autres... Elles ne sont pas grandes...

— T'es avare ?

— Je ne sais pas...

— D'ailleurs, cela n'a pas d'importance, car ça ne change rien...

Que voulait-il dire ? Qu'il ne voulait pas d'argent ? Qu'il s'en tenait à son invraisemblable peine de mort ?

— Tu comprends, Oscar, moi, je ne reviens jamais sur ce que j'ai décidé. Une seule parole ! Seulement, j'ai le temps...

Il ne rêvait pas. La place était bien là, un peu trouble, mais elle était là. Les voix qu'il entendait autour de lui, à la terrasse et dans le café, étaient les voix de ses amis. Vial, pieds nus, un filet de pêche sur le dos, lui lança en passant :

— Le bateau est en ordre, monsieur Labro.

Et il répondit sans le savoir :

— Merci, Vial...

Personne, pas un homme ne se doutait qu'il était condamné à mort. Devant les juges, tout au moins, il existe des recours. On a des avocats. Les journalistes sont là, qui mettent l'opinion publique au courant. La pire des crapules parvient à inspirer des sympathies ou de la pitié.

— En somme, cela dépendra surtout de ton île, tu comprends ?

Non, il ne comprenait pas. Et il voyait à nouveau la bouteille se pencher, son verre se remplir ; un regard irrésistible lui enjoignait de le porter à ses lèvres et de boire.

— La même chose, Jojo !...

Il se débattait. Cinq bouteilles, c'était impossible. Il n'en avait jamais autant bu en une semaine. En outre, son estomac n'était pas, n'avait jamais été fameux, surtout depuis l'Afrique.

— Elle est bien, la chambre ? J'espère qu'elle donne sur la place ?

— Sûrement. Je vais le demander à Maurice...

Une chance de s'éloigner un instant, d'entrer seul dans l'ombre fraîche du café, de respirer ailleurs que sous l'œil féroce et sarcastique de Jules. Mais l'autre le fit rasseoir en lui posant sur l'épaule une main lourde comme du plomb.

— On verra ça tout à l'heure... Il est possible que je me plaise ici et, dans ce cas, ça nous laissera un bout de temps devant nous...

Est-ce que Labro pouvait voir dans ces paroles une petite lueur d'espoir ? A bien y réfléchir, Jules n'avait aucun intérêt à le tuer. Il cherchait à se faire entretenir, simplement, à vivre ici à ses crochets.

— Ne pense pas ça, Oscar. Tu ne me connais pas encore.

Labro n'avait rien dit. Les traits de son visage

n'avaient pas bougé et on ne pouvait voir ses yeux, son œil plutôt, à travers ses lunettes sombres. Comment son interlocuteur avait-il deviné ?

— J'ai dit *sous peine de mort,* pas vrai ? Mais, en attendant, cela ne nous empêche pas de faire connaissance. Au fond, nous ne savions rien l'un de l'autre. Tu aurais pu être petit et maigre, ou chauve, ou roux... Tu aurais pu être une crapule encore plus crapule que jadis... Tu aurais pu être aussi un type du Nord, ou un Breton... Et voilà que c'est tout juste si nous ne sommes pas allés à l'école ensemble !... C'est vrai, que ta femme n'est pas commode ?... Je parie qu'elle va t'engueuler parce que tu sens le bouchon et que tu es resté jusqu'à midi en pyjama à la terrasse... C'est marrant, d'ailleurs, de te voir comme ça à cette heure-ci... Jojo !...

— Je vous en supplie...

— La dernière... Une bouteille, Jojo !... Qu'est-ce que je te disais ?... Ah ! oui, que nous avons le temps de lier connaissance... Tiens, la pêche... Je n'ai jamais eu le temps d'aller à la pêche, ni l'occasion... Demain, tu m'apprendras... On prend vraiment du poisson ?

— Vraiment.

— Tu en prends, toi ?

— Moi aussi... Comme les autres...

— Nous irons... Nous emporterons des bouteilles... Tu joues aux boules ?... Bon... je l'aurais parié... Tu m'apprendras à jouer aux boules également... C'est toujours autant de temps de gagné, hein ?... A ta santé !... Sous peine de mort, ne l'oublie pas... Et maintenant, je monte me coucher...

— Sans manger ? ne put s'empêcher de s'exclamer M. Labro.

— Cette petite Jojo me montera à déjeuner dans ma chambre...

Il se leva, souffla, amorça son balancement, se mit en branle en direction de la porte qu'il faillit rater. Un rire fusa de quelque part et il se retourna, l'œil féroce, puis s'adressa enfin à Labro.

— Faudra voir à ce que cela n'arrive plus...

Il traversa le café, entra dans la cuisine, sans s'inquiéter de ceux qui le regardaient, souleva le couvercle des casseroles et commanda :

— Ma chambre...

— Bien, monsieur Jules...

On entendit son pilon sur les marches, puis sur le plancher. On écoutait, il devait s'écraser de tout son poids sur le lit, sans se donner la peine de se déshabiller.

— D'où sort-il ? questionna Maurice en redescendant. Si ce type-là compte rester ici...

Alors on vit M. Labro prendre presque la silhouette de l'autre, parler comme l'autre, d'un ton qui n'admettait pas de réplique ; on l'entendit qui disait :

— Il faudra bien...

Après quoi il fit demi-tour et, toujours en pyjama et en savates, traversa la place sous le chaud soleil de midi. Une tache claire, sur son seuil, parmi les géraniums : sa femme qui l'attendait. Et, bien qu'il ne cessât de la fixer et qu'il bandât toute sa volonté pour marcher droit, bien qu'il visât aussi exactement que possible, il décrivit plusieurs courbes avant de l'atteindre.

— Qu'est-ce qui t'a pris ? Qu'est-ce que tu faisais à la terrasse dans cette tenue ? Quelle est cette histoire d'amarre coupée que le marchand de légumes m'a racontée ? Qui est ce type ?

Comme il ne pouvait pas répondre à toutes ces questions à la fois, il se contenta de répondre à la dernière.

— C'est un ami, dit-il.

Et, parce que le vin le rendait emphatique, il ajouta, appuyant sur les syllabes avec une obstination d'ivrogne :

— C'est mon meilleur ami... C'est plus qu'un ami... C'est un frère, tu entends ?... Je ne permettrai à personne...

S'il l'avait pu, il serait monté se coucher sans manger, lui aussi, mais sa femme ne l'eût pas permis.

A cinq heures de l'après-midi, ce jour-là, à *l'Arche de Noé,* on n'entendait toujours aucun bruit dans la chambre du nouveau locataire, sinon un ronflement.

Et quand, à la même heure, les habitués de la partie de boules vinrent frapper chez M. Labro, ce fut Mme Labro qui entr'ouvrit la porte et qui murmura, honteuse :

— Chut !... Il dort... Il n'est pas dans son assiette, aujourd'hui...

3

Les idées du bourreau

— Accroche-moi une nouvelle piade, Oscar.

Les deux hommes étaient dans le bateau que la respiration régulière et lente de la mer soulevait à un rythme lénifiant. A cette heure-là, presque toujours, l'eau était lisse comme du satin, car la brise ne se levait que longtemps après le soleil, vers le milieu de la matinée. Mer et ciel avaient des tons irisés qui faisaient penser à l'intérieur d'une écaille d'huître, et non loin de *l'Armoire* à *Glace,* à quelque distance de la pointe de l'île, se dressait le rocher tout blanc des Mèdes.

Comme il l'avait annoncé, Jambe de Bois s'était pris de passion pour la pêche. C'était lui qui sifflait, éveillait le plus souvent Labro vers les cinq heures du matin.

— N'oublie pas le vin... lui recommandait-il.

Puis le petit moteur bourdonnait, *l'Armoire à Glace* traçait son sillage mousseux le long des plages et des calanques jusqu'au rocher des Mèdes.

Par contre, Jules répugnait à casser les piades. On appelle ainsi, à Porquerolles, les bernard-l'ermite dont on se sert pour escher. Il faut casser la coquille avec un marteau ou avec une grosse pierre, décortiquer méticuleusement l'animal sans le blesser, et enfin l'enfiler sur l'hameçon.

C'était le travail de Labro qui, à force de s'occuper de la ligne de son compagnon, n'avait guère le temps de pêcher. L'autre le regardait faire en roulant une cigarette, en l'allumant.

— Dis donc, Oscar, j'ai pensé à quelque chose...

Chaque jour il avait une idée nouvelle, et il en parlait sur un ton naturel, cordial, comme on fait des confidences à un ami. Une fois, il avait dit :

— Mon premier projet a été de t'étrangler. Tu sais pourquoi ? Parce qu'un jour, dans un bar, je ne sais plus où, une femme a prétendu que j'avais des mains d'étrangleur. C'est une occasion d'essayer, pas vrai ?

Il regardait le cou d'Oscar, puis ses propres mains, hochait la tête.

— Je ne crois pas, en fin de compte, que c'est ce que je choisirai.

Il passait tous les genres de mort en revue.

— Si je te noie, tu seras tellement laid quand on te repêchera que cela me dégoûte... Tu as déjà vu un noyé, Oscar ?... Toi qui n'es pas beau comme ça...

Il laissait descendre son hameçon au bout du boulantin, s'impatientait quand il restait cinq minutes sans une touche. Et alors, par crainte de le voir se dégoûter de la pêche, Labro, qui n'avait pas prié depuis longtemps, suppliait le bon Dieu de faire prendre du poisson à son bourreau.

« — Faites qu'il pêche, Seigneur, je vous en conjure. Peu importe que je n'attrape rien. Mais lui... »

— Dis donc, Oscar... Passe-moi d'abord une bouteille, tiens... C'est l'heure...

Chaque jour il devançait un peu plus l'heure de commencer à boire.

— Sais-tu que cela devient de plus en plus compliqué ? Avant, je pensais que je te tuerais, n'importe comment, puis que, ma foi, adviendrait ce qui adviendrait... Tu comprends ce que je veux dire ? Je n'avais pas beaucoup de raisons de me raccrocher à la vie... Au fond, je peux bien te l'avouer, cela m'aurait amusé d'être arrêté, de déranger des tas de gens, la police, les juges, les jolies madames, les journalistes... Un grand procès, quoi ! Je leur aurais raconté tout ce que j'avais sur le cœur... Et Dieu sait si j'en ai !... Je suis bien sûr qu'ils ne m'auraient pas coupé la tête... Et la prison ne me déplaisait pas non plus...

» Maintenant, figure-toi que j'ai repris goût à la vie... Et c'est ce qui complique tout, car il faut que je te tue sans me faire pincer... Tu vois le problème, fiston ?

» J'ai déjà échafaudé trois ou quatre plans dans ma tête... J'y pense pendant des heures... C'est assez rigolo... Je fignole, j'essaie de tout prévoir... Puis, à l'instant où j'ai l'impression que c'est au point, crac ! Il me revient un petit détail qui flanque tout par terre...

» Comment t'y prendrais-tu, toi ?

Il y avait bien trois semaines qu'il était dans l'île, quand il avait prononcé cette petite phrase si banale en apparence :

— Comment t'y prendrais-tu, toi ?

Au même moment, Labro devait s'en souvenir, il sortait de l'eau une belle rascasse de deux livres.

— Ce n'est peut-être pas indispensable de me tuer ? avait-il insinué.

Mais alors l'autre l'avait regardé avec étonnement, comme avec peine, avec reproche.

— Voyons, Oscar !... Tu sais bien que j'ai écrit *sous peine de mort...*

— Il y a si longtemps...

Jules frappa sa jambe de bois de sa main.

— Et ça, est-ce que ça a repoussé ?

— On ne se connaissait pas...

— A plus forte raison, mon vieux... Non ! Il faut que je trouve une combinaison... Ce qui m'est venu tout de suite à l'esprit, c'est que cela arrive quand nous serons en mer, comme maintenant... Qui est-ce qui peut nous voir, maintenant ? Personne. Est-ce que tu sais nager ?

— Un peu...

Il se repentit aussitôt de cet « un peu » tentateur et corrigea :

— J'ai toujours nagé assez bien...

— Mais tu ne nagerais pas si tu avais reçu un coup de poing sur le crâne. Et un coup de poing sur le crâne, ça ne laisse pas de trace. Il faudra que j'apprenne à conduire le bateau, si je dois retourner seul au port... Mets-moi une autre piade...

Quand il ne prenait pas de poisson, il était de méchante humeur, et il le faisait exprès d'être cruel.

— Tu crois t'en tirer en m'entretenant, n'est-ce pas ? Et tu es tout le temps à compter les bouteilles de vin que je bois... Tu es avare, Oscar ! Tu es égoïste ! Tu es lâche ! Tu ne feras même pas un beau mort. Veux-tu que je te dise ? Tu me répugnes. Donne-moi à boire...

Il fallait boire avec lui. Labro vivait dans une sorte de cauchemar, alourdi par le vin dès dix heures du matin, ivre à midi. Et l'autre ne le laissait même pas cuver son vin en paix, il le réveillait dès quatre ou cinq heures de l'après-midi pour la partie de boules.

Il ne savait pas jouer. Il s'obstinait à gagner. Il discutait les coups, accusait les autres de tricher. Et, si quelqu'un se permettait une réflexion ou un sourire, c'était Labro qu'il écrasait d'un regard furieux.

— J'espère que tu vas cesser de voir ce type ! disait Mme Labro. Je veux croire aussi que ce n'est pas toi qui paies ces tournées que vous buvez à longueur de journée...

— Mais non... Mais non...

Si elle avait su qu'il payait non seulement les tournées, mais la pension de Jules à *l'Arche de Noé* !

— Ecoutez, monsieur Labro, disait le patron de *l'Arche*. Nous avons eu ici toutes sortes de clients. Mais celui-ci est impossible. Hier au soir, il poursuivait ma femme dans les corridors... Avant-hier, c'était Jojo, qui ne veut plus entrer dans sa chambre... Il nous réveille au beau milieu de la nuit en donnant de grands coups de son pilon sur le plancher pour réclamer un verre d'eau et de l'aspirine. Il rouspète à tout propos, renvoie les plats qui ne lui plaisent pas, fait des réflexions désagréables devant les pensionnaires... Je n'en peux plus...

— Je t'en prie, Maurice... Si tu as un peu d'amitié pour moi...

— Pour vous, oui, monsieur Labro... Mais pour lui, non...

— Garde-le encore quinze jours...

Quinze jours... Huit jours... Gagner du temps... Eviter la catastrophe... Et il fallait courir après les joueurs de boules. Car ils ne voulaient plus faire la partie avec cet énergumène qui grognait sans cesse et n'hésitait pas à les injurier.

— Il faut que tu joues ce soir, Vial... Demande à Guercy de venir... Dis-lui de ma part que c'est très important, qu'il faut *absolument* qu'il vienne...

Il en avait les larmes aux yeux de devoir s'humilier de la sorte. Parfois, il se disait que Jules était fou. Mais cela n'arrangeait rien. Est-ce qu'il pouvait le faire enfermer ?

Il ne pouvait pas non plus aller trouver la police et déclarer :

— Cet homme me menace de mort...

D'abord, parce qu'il ne possédait aucune preuve, pas même les cartes postales, dont on se moquerait. Ensuite, parce qu'il avait des scrupules. Cet homme-là, tel qu'il était, c'était un peu son œuvre, en somme... C'était lui Labro, le responsable.

Est-ce qu'il devait se laisser tuer. Pis ! Est-ce qu'il devait vivre des semaines, peut-être des mois, avec la pensée que, d'une heure à l'autre, au moment où il s'y attendrait le moins, Jules lui dirait, de sa voix à la fois cordiale et gouailleuse :

— C'est l'heure, Oscar...

Il était sadique. Il entretenait avec soin les frayeurs de son compagnon. Dès qu'il voyait celui-ci se détendre quelque peu, il insinuait doucement :

— Si nous faisions ça maintenant ?...

Jusqu'à ce *nous* qui était féroce. Comme s'il eût été entendu une fois pour toutes que Labro était consentant, que, comme le fils d'Abraham, il marcherait de bon cœur au supplice...

— Tu sais, Oscar, je te ferai souffrir le moins possible... Je ne suis pas aussi méchant que j'en ai l'air... Tu en auras à peine pour trois minutes...

Labro était obligé de se pincer pour s'assurer qu'il ne dormait pas, qu'il ne faisait pas un cauchemar ahurissant.

— Passe-moi d'abord la bouteille...

Puis on parlait d'autre chose, des poissons, des boules, de Mme Labro, que Jules, qui ne l'avait vue que de loin, détestait.

— Tu n'as jamais eu l'idée de divorcer ?... Tu devrais... Avoue que tu n'es pas heureux, qu'elle te fait marcher comme un petit chien... Mais si !... Avoue !...

Il avouait. Ce n'était pas tout à fait vrai. Seulement un peu. Mais il valait mieux ne pas contredire Jules, parce qu'alors il piquait des colères terribles.

— Si tu divorçais, je crois que j'irais m'installer chez toi... On engagerait Jojo comme servante...

Les ongles de M. Labro lui entraient dans les paumes. Il y avait des moments où, n'importe où, sur son bateau, à la terrasse de chez Maurice, sur la place où ils jouaient aux boules, il avait envie de se dresser de toute sa taille et de hurler, de hurler comme un chien hurle à la lune.

Etait-ce lui qui devenait fou ?

— J'ai remarqué que tu fais la cuisine...

— Je prépare seulement le poisson...

— N'empêche que tu sais faire la cuisine... On dit même que tu laves la vaisselle. Qu'est-ce que tu penses de mon idée ?

— Elle ne voudra pas...

Jules y revenait trois ou quatre jours plus tard.

— Réfléchis... Cela pourrait me donner l'envie d'attendre plus longtemps... Au fond, moi qui ai passé toute ma vie dans les hôtels, je crois que je suis né pour avoir mon chez-moi...

— Et si je vous donnais de l'argent pour vous installer ailleurs ?

— Oscar !

Un dur rappel à l'ordre.

— Prends garde de ne jamais plus me parler ainsi, parce que, si cela t'arrive encore, ce sera pour tout de suite. Tu entends ? Pour tout de suite !

Alors, la petite phrase de Jambe de Bois commença à faire son chemin. Qu'avait-il dit exactement, au moment où il pêchait la rascasse de deux livres ?

— *Comment t'y prendrais-tu, toi ?*

Ces quelques mots devenaient, pour Labro, une sorte de révélation. En somme, ce que Jules pouvait faire, il pouvait le faire aussi. Jules disait :

— Je suis sûr qu'il y a un moyen de te tuer sans que je sois pris...

Pourquoi ne serait-ce pas réciproque ? Pourquoi Labro ne se débarrasserait-il pas de son compagnon ? La première fois que cette pensée lui vint, il eut peur qu'on pût la lire sur son visage, et il se félicita d'avoir des lunettes sombres.

Dès ce moment, il se mit à épier son compagnon. Il le voyait, chaque matin, qui, après la troisième bouteille, se désintéressait du poisson, mollissait au fond de *l'Armoire à Glace,* et glissait peu à peu dans une somnolence de plus en plus profonde. Est-ce qu'il dormait vraiment ? Est-ce qu'il continuait à le surveiller sans en avoir l'air ?

Il fit l'expérience de se lever brusquement, et il vit les yeux s'entrouvrir, un regard malin, pétillant, il entendit une voix vaseuse qui grommelait :

— Qu'est-ce que tu fais ?

Il avait préparé une réponse plausible, mais il se promit de ne pas recommencer par crainte d'éveiller les soupçons. Car, alors, il ne doutait pas que ce serait « pour tout de suite ».

Jules disait :

— En somme, comme les courants, le matin, sont presque toujours de l'est à l'ouest, tu suivras à peu près le même chemin que le bateau, et il y a des chances que tu ailles échouer pas loin du port...

Il regardait le trajet sur l'eau lisse. Labro le regardait aussi. Seulement, ils ne voyaient pas le même cadavre.

— Il faudra, vois-tu, que je fasse ça quand tu seras debout. Parce que tu es trop lourd. Si je dois te soulever pour te balancer dans la flotte, j'ai toutes les chances de faire chavirer le bateau ou de basculer avec toi...

— C'est vrai, se disait Labro. Il est lourd aussi. Sa jambe de bois le rend encore moins maniable que moi. Moi, j'ai l'avantage que le marteau à casser les piades soit de mon côté...

Il corrigeait le lendemain :

— Non, pas le marteau, car il laisserait sans doute des traces... Avec sa jambe de bois, il suffirait de le pousser pour qu'il perde l'équilibre...

Ils observaient la mer. Ils connaissaient leur coin. Il y avait, à certaine heure, le passage des bateaux de pêche qui revenaient d'avoir été retirer les filets de l'autre côté de l'île. Il y avait aussi un vieux retraité qui venait vers huit heures du matin mouiller à un demi-mille de *l'Armoire à Glace* et qui portait un casque colonial.

Entre le passage des pêcheurs et huit heures...

Il existait un danger, que Jules ne connaissait pas. Dans les pins, sur la côte, se dressait la bicoque d'un quartier-maître de la marine qui gardait le fort des Mèdes. Seulement, Labro, lui, savait que deux fois par semaine, le mardi et le vendredi, il se rendait à Hyères par le bateau de Baptiste. Donc, il devait partir de chez lui vers sept heures du matin.

Huit heures moins le quart... C'était l'heure qu'il fallait choisir... Et veiller à ce que le gardien du sémaphore, là-haut, ne soit pas justement accoudé à son parapet, à observer la mer avec ses jumelles...

— Il y a des jours, Oscar, où je me demande si je ne ferais pas mieux d'en finir... La cuisine de Maurice est bonne, mais je commence à en avoir assez de toujours manger les mêmes plats... Sans compter que cela manque de femmes... Jojo ne veut rien entendre...

Labro rougit comme un collégien. Est-ce que l'autre s'imaginait qu'il allait lui procurer...

— On a passé de bons moments ensemble, c'est vrai... On est presque devenus copains, je l'admets... Mais si ! Je le dis comme je le pense... Cela me fera de la peine de suivre ton enterrement... Est-ce que c'est à Porquerolles qu'on va t'enterrer ?

— J'y ai acheté une concession...

— Bon !... C'est plus agréable que de passer l'eau... Donne-moi la bouteille, Oscar... Bois d'abord... Allons ! Laisse gueuler ta femme et fais ce que je te dis...

Des milliers, des centaines de milliers, des millions d'hommes vivaient ailleurs — et pas si loin d'eux — une vie normale. Est-ce que ce n'était vraiment plus possible ?

— Ce qui m'étonne, c'est que tu aies été si grossier, jadis, alors que je te vois maintenant si poli... Au fond, tu es devenu bourgeois, très bourgeois...

Avoue-le... Je parie que tu es plus riche que tu veux bien le dire... Tu ne joues pas à la Bourse ?

— Un peu...

— Tu vois ! Je m'en doutais... Pourtant, nous sommes partis tous les deux du même pied... Qui sait, s'il n'y avait pas eu le truc de la pirogue, s'il n'y avait pas eu ma jambe, je serais peut-être maintenant comme toi... As-tu été assez crapule !... Non mais, réfléchis... Laisser un homme comme tu l'as fait, un Blanc, sans aucun moyen d'échapper à la forêt... Y penses-tu de temps en temps, Oscar ?... Et grossier, par surcroît !... Des mots que je ne prononcerais même pas maintenant, moi qui ne suis pas un bourgeois... Tu ne peux pas savoir à quel point tu arrives parfois à m'écœurer...

A ces moments-là, Labro n'osait pas se lever, parce qu'il craignait que ce ne fût le signal. De même évitait-il de laisser le marteau aux piades à portée de son compagnon. Et aussi la grosse pierre qui servait de lest.

— T'as peur de mourir, toi ?... C'est drôle, moi ça ne me fait rien... C'est parce que tu es devenu bourgeois, parce que tu as quelque chose à perdre...

Dans ce cas, si Jules n'avait rien à perdre...

— Je me demande même si j'ai encore des parents... J'avais une sœur qui a dû se marier, mais dont je n'ai jamais eu de nouvelles... A moins qu'elle n'ait mal tourné, elle aussi...

Au fait, quel était son nom de famille ? Là-bas, au Gabon, il avait signé « Jules » sa pancarte de malheur. Jules qui ?

Labro le lui demanda. L'autre le regarda, étonné.

— Mais... Chapus... Tu ne le savais pas ?... Jules Chapus... Ça vaut bien Labro, non ?... Je parie qu'il y a des Chapus qui sont des gens très bien... Passe-moi la bouteille... Non... Tiens... Je me demande...

Pourquoi se soulevait-il sur son siège ?

Labro se cramponna au sien. Il s'y cramponna de toute son énergie, mais la sueur ne lui gicla de la peau qu'après coup, quand il s'aperçut que Jules ne s'était levé que pour satisfaire un petit besoin.

La peur d'abord... La réaction ensuite... Il se mit à trembler... Il trembla de toutes les frayeurs dans lesquelles il vivait depuis des mois et, soudain, il se leva, à son tour fit deux pas en avant...

4

Le naufrage de l'Armoire à Glace

Il avait oublié tout ce qu'il avait si soigneusement combiné, la question du quartier-maître de la marine, du retour des pêcheurs, du vieux retraité au casque colonial.

Malgré cela, la chance fut avec lui. Le gardien du sémaphore, justement, observait la mer avec ses jumelles et déposa comme suit :

— A certain moment, vers huit heures moins dix minutes, j'ai regardé vers les Mèdes et j'ai vu deux hommes qui se tenaient étroitement embrassés à bord de *l'Armoire à Glace*. J'ai d'abord pensé que l'un d'eux était malade et que l'autre l'empêchait de tomber à l'eau. Puis j'ai compris qu'ils luttaient. Séparé d'eux par plusieurs centaines de mètres, je ne pouvais pas intervenir. A un moment donné, ils sont tombés tous les deux sur le plat-bord, et le bateau a chaviré...

Vial, le pêcheur, avec ses deux fils, contournait à cet instant précis la pointe des Mèdes.

— J'ai vu un bateau sens dessus dessous et j'ai reconnu *l'Armoire à Glace*. J'ai toujours prédit qu'il finirait par chavirer, car on l'avait trop chargé de superstructures... A l'instant où nous avons aperçu les deux hommes dans l'eau, ils ne formaient encore qu'une masse indistincte... Je crois que M. Labro, qui est bon nageur, essayait de maintenir son compagnon à la surface... Ou bien c'était celui-ci qui, comme cela arrive souvent, se cramponnait à lui...

Le retraité n'avait rien vu.

— J'étais justement en train de sortir une daurade... J'ai entendu du bruit, mais je n'y ai pas pris garde... D'ailleurs, le bateau de M. Labro était du côté du soleil et je ne pouvais pas distinguer grand-chose, car j'étais ébloui...

Personne n'avait donc vu ce qui s'était passé exactement. Personne, sauf Labro. Quand il était arrivé près de Jules, à le toucher, celui-ci s'était tourné vers lui et son visage avait exprimé, non plus la menace, ni la colère, mais une frayeur *incroyable*.

Incroyable parce que c'était presque un autre homme que Labro avait devant lui, un homme qui avait peur, un homme dont les yeux suppliaient, un homme dont les lèvres tremblaient et qui balbutiait :

— Ne faites pas ça, monsieur Labro !

Oui, il avait dit :

— *Ne faites pas ça, monsieur Labro...*

Et non :

— *Ne fais pas ça, Oscar...*

Il l'avait dit d'une voix que l'autre ne lui connaissait pas, d'une voix qui l'avait remué. Mais il était trop tard. Il ne pouvait plus reculer. D'abord parce que l'élan était pris. Ensuite parce que, après, que serait-il arrivé ? Quelle contenance prendre devant un homme qu'on vient d'essayer de tuer ? Ce n'était pas, ce n'était plus possible.

D'ailleurs, cela ne dura que quelques secondes. Labro donna un coup d'épaule qui aurait dû suffire, mais Jules se raccrocha à lui, Dieu sait comment. Dieu sait comment ils se maintinrent plusieurs secondes en équilibre sur l'embarcation que leurs mouvements faisaient tanguer.

Ils soufflaient. Tous les deux soufflaient. Ils ne s'étaient jamais vus de si près, et tous les deux avaient peur.

Ils étaient aussi grands, aussi larges, aussi forts l'un que l'autre, et ils se tenaient embrassés, comme devait le confirmer l'homme du sémaphore. Jules haletait :

— Ecoutez, je...

Trop tard ! Trop tard pour entendre quoi que ce soit ! Il fallait que l'un des deux se détache, que l'un des deux bascule.

Et ils basculèrent tous les deux, en même temps que *l'Armoire à Glace* qui se retournait.

Dans l'eau, ils se raccrochaient encore l'un à l'autre, ou, plus exactement, c'était Jambe de Bois qui se raccrochait et dont les yeux exprimaient la terreur.

Est-ce qu'il n'essayait pas de parler ? Sa bouche s'ouvrait en vain. C'était l'eau salée, à chaque coup, qui l'envahissait.

Un bruit de moteur. Un bateau approchait. Comment Labro reconnut-il, malgré tout, que c'était celui de Vial ? Son subconscient le lui disait sans

102

doute. Il frappait, pour se dégager. Il atteignit le visage de son compagnon, en plein, et l'os du nez lui fit mal au poing.

Puis ce fut tout. Vial lui criait :

— Tenez bon, monsieur Labro...

Est-ce qu'il nageait ? Est-ce qu'il saignait ? Il avait perdu ses lunettes. Une ligne de pêche s'était entortillée à ses jambes.

— Attrape-le, Ferdinand...

La voix de Vial, qui parlait à un de ses fils. On le saisissait comme un gros paquet trop lourd. On le rattrapait avec une gaffe qui lui faisait une entaille à hauteur de la ceinture.

— Tiens ferme, papa... Attends que j'attrape sa jambe...

Et il s'aplatit au fond du bateau de Vial, tout mou, tout giclant d'eau, avec, Dieu sait pourquoi, des larmes dans les yeux. Les autres croyaient que c'était de l'eau de mer, mais lui savait bien que c'étaient des larmes.

C'est à peine s'il eut besoin de mentir. Tout le monde mentait pour lui, sans le savoir. Tout le village, toute l'île avait reconstitué l'histoire à sa manière avant même qu'on l'interrogeât.

— Vous le connaissiez bien ? lui demandait un commissaire d'un air entendu.

— Je l'ai rencontré en Afrique, autrefois...

— Et vous avez été trop bon de l'héberger... Il a usé et abusé de vous de toutes les façons... Les témoignages ne manquent pas sur ce point... Il rendait à tout le monde la vie impossible...

— Mais...

— Non seulement il était ivre dès le matin, mais il prenait un malin plaisir à se montrer désagréable, sinon menaçant... Lorsque l'accident est arrivé, il avait déjà bu deux bouteilles, n'est-ce pas ?

— Je ne sais plus...

— C'est plus que probable, d'après la moyenne des autres jours... Il vous a injurié... Peut-être vous a-t-il attaqué... En tout cas, vous vous êtes battus...

— Nous nous sommes battus...

— Vous n'étiez pas armé ?

— Non... Je n'avais même pas pris le marteau...

Personne ne fit attention à cette réponse dont il se repentit aussitôt, car elle aurait pu être révélatrice.

— Il a basculé et le bateau s'est retourné... Il s'est accroché à vous...

Et l'enquêteur de conclure :

— C'est pénible, évidemment, mais c'est un bon débarras...

Est-ce que Labro rêvait toujours ? Etait-ce son cauchemar des dernières semaines qui se transformait soudain en un songe tout de douceur et de facilité ?

C'était même trop facile. Cela ne lui paraissait pas naturel.

— Je demande bien pardon de ce que j'ai fait...

— Mais non ! Mais non ! Vous vous êtes

défendu et vous avez eu raison. Avec des indivi-
dus de cette espèce...

Il fronçait les sourcils. Pourquoi lui semblait-il
qu'il y avait quelque chose qui ne tournait pas
rond ? C'était trop facile, vraiment. Il se sentait
inquiet, malheureux. Et, comme il avait un peu de
fièvre, il mélangeait le passé et le présent, employait
des raccourcis que les autres ne pouvaient pas comprendre, confondait la pirogue de l'Umbolé et
l'*Armoire à Glace*.

— Je sais bien que je n'aurais pas dû...

— Votre femme, Maurice, Vial et les autres nous
ont tout raconté...

Comment ces gens-là, qui ne savaient rien,
avaient-ils pu raconter quoi que ce soit ?

— Vous avez été trop généreux, trop hospitalier.
Ce n'est pas parce que, jadis, on a bu quelques
verres avec un individu qu'on doit le recueillir
quand il est à la côte. Voyez-vous, monsieur Labro,
votre seul tort a été de ne pas vous renseigner sur
lui. Si vous étiez venu nous trouver...

Hein ? Qu'est-ce qu'on lui racontait à présent ?
Se renseigner sur quoi ?

— Cet homme-là était recherché par cinq pays
au moins pour escroqueries... Il était au bout de son
rouleau. Où qu'il aille, il risquait de se faire
prendre. C'est pourquoi je répète que c'est un bon
débarras. On ne parlera plus de cette crapule de
Marelier...

M. Labro resta un instant immobile, sans comprendre. Il était dans son lit. Il reconnaissait sur le

mur le dessin qu'y mettait le soleil traversant les rideaux.

— Pardon... demanda-t-il poliment, d'une voix comme lointaine. Vous avez dit ?

— Marelier... Jules Marelier... Il y a vingt ans qu'il écume l'Afrique du Nord et le Levant, où il n'a jamais vécu que d'escroqueries et d'expédients. Avant cela, il a purgé dix ans à Fresnes pour vol avec effraction...

— Un instant... Un instant... Vous êtes sûr qu'il s'appelle Jules Marelier ?

— Non seulement nous avons retrouvé ses papiers dans sa malle, mais nous possédons ses empreintes digitales et sa fiche anthropométrique...

— ... et il était à Fresnes il y a... Attention... Je vous demande pardon... Oh ! ma tête... Il y a combien de temps exactement ?

— Trente ans...

— Sa jambe...

— Quoi, sa jambe ?

— Comment a-t-il perdu sa jambe ?

— Lors d'une tentative d'évasion... Il est tombé de dix mètres de haut sur des pointes de fer dont il ignorait l'existence... Vous paraissez fatigué, monsieur Labro... Le docteur est à côté avec votre femme... Je vais l'appeler...

— Non... Attendez... Quand est-il allé au Gabon ?...

— Jamais... Nous avons tout son *curriculum vitae*. Le plus bas qu'il soit descendu en Afrique est Dakar... Vous vous sentez mal ?

— Ne faites pas attention... Il n'est jamais allé dans les marais de l'Umbolé ?

— Pardon ?

— Une région du Gabon...

— Puisque je vous dis...

Et on entendit la voix désespérée de M. Labro qui frémissait :

— Alors, ce n'est pas lui ! Ce n'est pas le même Jules...

La porte s'ouvrit. Le commissaire de police appelait avec anxiété :

— Docteur !... Je crois qu'il se trouve mal...

— Mais non ! Laissez-moi... criait-il en se débattant. Vous ne pouvez pas comprendre... C'était un autre Jules... J'ai tué un autre Jules... Un autre Jules qui...

— Reste tranquille. Ne t'agite pas. Tu as déliré, mon pauvre Oscar...

— Qu'est-ce que j'ai dit ?

— Des bêtises... Mais tu nous a effrayés quand même... On s'est demandé si tu n'allais pas faire une congestion cérébrale...

— Qu'est-ce que j'ai dit ?

— Toujours les Jules, les deux Jules... Car, dans ton cauchemar, tu en voyais deux...

Il esquissa un sourire amer.

— Va toujours.

— Tu prétendais que tu avais tué pour rien... Non. Reste calme... Prends ta potion... Ce n'est pas mauvais du tout... Cela te fera dormir...

Il préféra prendre sa potion et dormir, parce que

c'était trop affreux. Il avait tué pour rien ! Il avait tué un Jules qui n'était pas le vrai Jules, un pauvre type qui ne lui voulait sans doute aucun mal, un vulgaire escroc qui ne cherchait, en le menaçant de temps en temps, qu'à vivre à ses crochets et qu'à couler à Porquerolles des jours paisibles.

Il entendait encore sa voix, à Jambe de Bois, quand celui-ci lui avait crié, au comble de la terreur :

— *Ne faites pas ça, monsieur Labro !*

Sans le tutoyer. Sans grossièreté. Presque respectueusement. Et tout le reste était de la frime.

Lui, Labro, avait eu peur pour rien, avait tué pour rien.

— Alors, monsieur Labro, bon débarras, hein ? On va pouvoir faire la partie de boules en paix...

Et la paix régnait aussi chez Maurice, à *l'Arche de Noé,* où on n'entendait plus le bruit menaçant du pilon de bois sur les planchers et dans les escaliers.

— Et vous qui nous recommandiez d'être patients avec lui parce qu'il avait beaucoup souffert, là-bas, au Gabon, où il n'a jamais mis les pieds !... Un coup de blanc, monsieur Labro ?

— Merci...

— Ça ne va pas ?

— Ça ira...

Il faudrait bien qu'il s'habitue à être un assassin. Et à quoi bon aller le crier sur les toits ?

Tout cela parce qu'un vague escroc, qui en avait marre de traîner la patte à travers le monde, pourchassé par la police, avait entendu un soir, dans un bar, Dieu sait où, les coloniaux raconter l'histoire de la pirogue, l'histoire du vrai Jules Chapus, lequel Chapus était mort, lui, de sa belle mort, si l'on peut dire, quinze ans après l'Umbolé, dans un poste d'Indochine où sa compagnie l'avait envoyé.

Tout cela aussi parce que cet escroc, un jour, à Addis-Abéba, avait mis la main par hasard sur *Le Petit Var* et y avait lu le nom d'Oscar Labro.

... Et que cela lui avait donné l'idée d'aller finir ses jours en paix dans l'île de Porquerolles.

Bradenton Beach (Floride), le 24 novembre 1946.

LE PETIT TAILLEUR
ET LE CHAPELIER [1]

1

Où le petit tailleur a peur
et se raccroche à son voisin le chapelier

Kachoudas, le petit tailleur de la rue des Prémon-trés, avait peur, c'était un fait incontestable. Mille personnes, dix mille personnes plus exactement — puisqu'il y avait dix mille personnes dans la ville — avaient peur aussi, sauf les enfants en très bas âge, mais la plupart ne l'avouaient pas, n'osaient même pas se l'avouer devant la glace.

Il y avait déjà plusieurs minutes que Kachoudas avait allumé l'ampoule électrique qu'un fil de fer lui permettrait d'attirer et de maintenir juste au-des-sus de son travail. Il n'était pas encore quatre heures

1. Cette nouvelle, dans sa version anglaise, a gagné, sous le titre *Blessed are the Meek (Bénis soient les humbles)*, le prix américain Ellery Queen de la meilleure nouvelle policière. Sa traduction a été publiée en France par *Mystère Magazine*.
Nous croyons bien faire, cependant, d'en donner ici la version origi-nale française, qui est assez différente.

de l'après-midi, mais il commençait à faire noir, car on était en novembre. Il pleuvait. Il pleuvait depuis quinze jours. A cent mètres de la boutique, au cinéma éclairé en mauve dont on entendait trembloter la sonnerie, on pouvait voir, dans les actualités de France et de l'étranger, des gens circulant en barque dans les rues, des fermes isolées au milieu de véritables torrents qui charriaient des arbres entiers.

Tout cela compte. Tout compte. Si on n'avait pas été en automne, s'il n'avait pas fait noir dès trois heures et demie, si la pluie n'avait pas dégringolé du ciel du matin au soir et du soir au matin, au point que bien des gens n'avaient plus rien de sec à se mettre sur le dos, s'il n'y avait eu par surcroît des bourrasques qui s'engouffraient dans les rues étroites et qui retournaient les parapluies comme des gants, Kachoudas n'aurait pas eu peur, et, d'ailleurs, rien ne serait probablement arrivé.

Il était assis en tailleur — c'était son métier — sur une grande table qu'il avait polie avec ses cuisses depuis trente ans qu'il s'y tenait de la sorte toute la journée. Il se trouvait à l'entresol, juste au-dessus de sa boutique. Le plafond était très bas. En face de lui, de l'autre côté de la rue, il y avait, suspendu au-dessus du trottoir, un énorme chapeau haut de forme rouge qui servait d'enseigne au chapelier. En dessous du chapeau, le regard du tailleur Kachoudas plongeait, à travers la vitrine, dans le magasin de M. Labbé.

Le magasin était mal éclairé. Les ampoules électriques étaient couvertes d'une poussière qui ternissait la lumière. La glace de la vitrine n'avait pas été lavée depuis longtemps. Ces détails ont moins d'importance, mais ils jouent leur rôle aussi. La chapellerie était une vieille chapellerie. La rue était une vieille rue qui avait été l'artère commerçante jadis, au temps lointain où les magasins modernes, les *Prisunics* et autres, avec leurs étalages rutilants, ne s'étaient pas encore installés ailleurs, à plus de cinq cents mètres ; de sorte que les boutiques qui subsistaient dans ce bout de rue mal éclairée étaient de vieilles boutiques et qu'on pouvait se demander s'il y entrait jamais personne.

Raison de plus pour avoir peur. Enfin, c'était l'heure. A ce moment-là de la journée, Kachoudas commençait à ressentir un vague malaise qui signifiait qu'il avait envie de son verre de vin blanc, que son organisme, qui y était habitué depuis longtemps, le réclamait impérieusement.

Et l'organisme de M. Labbé, en face, en avait besoin aussi. C'était l'heure, pour lui aussi. La preuve, c'est qu'on voyait le chapelier adresser quelques mots à Alfred, son commis roux, et endosser un lourd pardessus à col de velours.

Le petit tailleur sauta de sa table, mit son veston, noua sa cravate et descendit l'escalier en colimaçon tout en criant à la cantonade :

— Je reviens dans un quart d'heure...

Ce n'était pas vrai. Il restait toujours une demi-heure, souvent une heure absent, mais il y avait des années qu'il annonçait ainsi son retour pour dans un quart d'heure.

Au moment où il enfilait un imperméable qu'un client avait oublié chez lui et n'avait jamais réclamé, il entendit la sonnerie de la porte d'en face. M. Labbé, les mains dans les poches, le col relevé, se dirigea vers la place Gambetta en rasant les maisons.

La sonnette du petit tailleur tinta à son tour. Kachoudas s'élança, dans la pluie qui le giflait, à dix mètres à peine derrière son imposant voisin. *Il n'y avait rigoureusement qu'eux dans la rue, où les becs de gaz étaient très espacés et où l'on passait d'un trou noir à un autre trou noir.*

Kachoudas aurait pu faire quelques pas précipitamment pour rejoindre le chapelier. Ils se connaissaient. Ils se disaient bonjour quand il leur arrivait de lever leurs volets en même temps. Ils se parlaient, au *Café de la Paix* où ils allaient se trouver ensemble dans quelques minutes.

Il n'en existait pas moins entre eux des différences hiérarchiques. M. Labbé était M. Labbé et Kachoudas n'était que Kachoudas. Ce dernier le suivait donc, ce qui suffisait à le rassurer, car, si on l'attaquait à ce moment-là, il lui suffisait de crier pour alerter le chapelier.

Et si le chapelier se sauvait à toutes jambes ? Kachoudas y pensa. Cela lui fit froid dans le dos et, par crainte des encoignures sombres, des ruelles borgnes propices à un guet-apens, il se mit à marcher au beau milieu de la rue.

Il n'y en avait d'ailleurs que pour quelques minutes. Au bout de la rue des Prémontrés, c'était la place, ses lumières, ses passants plus nombreux malgré la tempête, et on y voyait d'habitude un sergent de ville en faction.

Les deux hommes, l'un derrière l'autre, tournèrent à gauche. Le troisième immeuble, déjà, c'était le *Café de la Paix*, avec ses deux vitrines brillamment éclairées, sa chaleur rassurante, ses habitués à leur place et le garçon, Firmin, qui les regardait jouer aux cartes.

M. Labbé retira son pardessus et le secoua. Firmin prit le vêtement, qu'il suspendit au portemanteau. Kachoudas entra à son tour, mais on ne l'aida pas à se débarrasser de son imperméable. Cela n'avait pas d'importance. C'était naturel. Il n'était que Kachoudas.

Les joueurs et les clients qui suivaient la partie serrèrent la main du chapelier, qui s'assit juste derrière le docteur. Les mêmes adressèrent un signe de tête — ou rien du tout — à Kachoudas, qui ne trouva qu'une chaise contre le poêle et dont le bas du pantalon se mit à fumer.

C'est même à cause de ces pantalons, qui exhalaient leur eau en vapeur, que le petit tailleur fit sa découverte. Il les regarda un bon moment en se disant que l'étoffe, qui n'était pas de première qualité, allait encore rétrécir. Puis il regarda les pantalons de M. Labbé, d'un œil de tailleur, pour voir si le tissu en était meilleur. Car, bien entendu, M. Labbé ne s'habillait pas chez lui. Personne, parmi les habitués de quatre heures, qui étaient tous des notables, ne s'habillait chez le petit tailleur. Tout au plus lui confiait-on les réparations ou des vêtements à retourner.

Il y avait de la sciure de bois par terre. Les pieds mouillés y avaient laissé d'étranges dessins, avec des petits tas de boue par-ci par-là. M. Labbé portait des souliers fins. Ses pantalons étaient d'un gris presque noir.

Or, juste au revers de la jambe gauche, il y avait un petit point blanc. Si Kachoudas n'avait pas été tailleur, il ne s'en serait sans doute pas occupé. Il dut penser que c'était un fil. Parce que les tailleurs ont l'habitude de retirer les fils. S'il n'avait pas été aussi humble, il n'aurait pas eu non plus l'idée de se pencher.

Le chapelier le regarda faire, un peu surpris. Kachoudas saisit la chose blanche qui s'était glissée dans le revers et qui n'était pas un fil, mais un minuscule morceau de papier.

— Excusez-moi... murmura-t-il.

Car il s'excusait toujours. Les Kachoudas s'étaient toujours excusés. Il y avait des siècles que, transportés comme des colis d'Arménie à Smyrne ou en Syrie, ils avaient pris cette prudente habitude.

Ce qu'il convient de souligner, c'est que, tandis qu'il se redressait avec le petit bout de papier entre le pouce et l'index, il ne pensait à rien. Plus exactement, il pensait :

« — Ce n'est pas un fil... »

Il voyait les jambes et les pieds des joueurs, les

116

pieds en fonte des tables de marbre, le tablier blanc de Firmin. Au lieu de jeter le bout de papier par terre, il le tendit au chapelier en répétant :

— Excusez-moi...

Parce que le chapelier aurait pu se demander ce qu'il était venu chercher dans le revers de son pantalon.

Alors, au moment précis où M. Labbé le saisissait à son tour — le papier n'était guère plus grand qu'un confetti —, Kachoudas sentit tout son être se figer et un frisson extrêmement désagréable traversa sa nuque de part en part.

Le plus terrible, c'est qu'il regardait justement le chapelier et que le chapelier le regardait. Ils restèrent ainsi un bon moment à se fixer. Personne ne s'occupait d'eux. Les joueurs et les autres suivaient leur jeu. M. Labbé était un homme qui avait été gros et qui s'était dégonflé. Il restait encore assez volumineux, mais on le sentait flasque. Ses traits mous ne bougeaient pas beaucoup, et ils ne bougèrent pas en cette circonstance capitale.

Il prit le bout de papier et, en le triturant dans ses doigts, en fit une boulette guère plus grosse qu'une tête d'épingle.

— Merci, Kachoudas.

De cela, on pourrait discuter à l'infini, et le petit tailleur devait y penser pendant des jours et des nuits : est-ce que la voix du chapelier était naturelle ? Ironique ? Menaçante ? Sarcastique ?

Le tailleur tremblait et faillit renverser son verre, qu'il avait saisi par contenance.

Il ne fallait plus regarder M. Labbé. C'était trop dangereux. C'était une question de vie ou de mort. Pour autant qu'il puisse encore être question de vie pour Kachoudas !

Il resta sur sa chaise, immobile en apparence, et cependant il avait l'impression de faire de véritables bonds ; il y avait des moments où il était forcé de se retenir de toutes ses forces pour ne pas se mettre à courir à toutes jambes.

Que serait-il arrivé s'il s'était levé en criant :

— C'est lui !

Il avait chaud et froid. La chaleur du poêle lui brûlait la peau, et il aurait pu tout aussi bien claquer des dents. Il se souvenait soudain de la rue des Prémontrés et de lui, Kachoudas qui, parce qu'il avait peur, suivait le chapelier d'aussi près que possible. C'était arrivé plusieurs fois. C'était arrivé un quart d'heure plus tôt encore. *Il n'y avait qu'eux dans la rue où il faisait noir.*

Or c'était LUI ! Le petit tailleur aurait bien voulu le regarder à la dérobée, mais il n'osait pas. Est-ce qu'un seul regard ne pouvait pas être sa condamnation ?

Il ne fallait surtout pas qu'il se passe la main sur le cou, comme il en avait tellement envie, au point que cela en devenait angoissant, comme quand on résiste au désir de se gratter.

— Un autre vin blanc, Firmin...

Encore une faute. Les autres jours, il laissait passer une demi-heure environ avant de commander son second verre. Qu'est-ce qu'il devait faire ? Qu'est-ce qu'il pouvait faire ?

Le *Café de la Paix* était tout entouré de glaces où on voyait monter la fumée des pipes et des cigarettes. Il n'y avait que M. Labbé à fumer le cigare, et Kachoudas en respirait parfois des bouffées. Il y avait, au fond, à droite, près des lavabos, une cabine téléphonique. Ne pouvait-il pas, avec l'air de se rendre au lavabo, pénétrer dans cette cabine ?

— Allô... La police ?... Il est ici...

Et si M. Labbé entrait dans la cabine derrière lui ? On n'entendrait rien. Cela se passait toujours sans bruit. Pas une des victimes, pas une, sur six, n'avait crié. C'étaient des vieilles femmes, soit. Le tueur ne s'en était jamais pris qu'à des vieilles femmes. C'est pour cela que les hommes faisaient les farauds, se risquaient plus volontiers dans les rues. Mais qu'est-ce qui l'empêchait de faire une exception ?

— IL est ici !... Venez vite le prendre...

Au fait, il toucherait vingt mille francs. C'était le montant de la prime que tant de gens essayaient de gagner, au point que la police ne savait plus où donner de la tête, accablée qu'elle était par les accusations les plus fantaisistes.

Avec vingt mille francs, il pourrait...

Mais d'abord, qui le croirait ? Il affirmerait :

— C'est le chapelier !

On lui répliquerait :

— Prouvez-le.

— J'ai vu deux lettres...

119

— Quelles lettres ?

— Un *n* et un *t*.

Il n'était même pas sûr du *t*.

— Expliquez-vous, Kachoudas...

On lui parlerait sévèrement ; on parle toujours sévèrement à tous les Kachoudas de la terre...

— ... dans le pli de son pantalon... IL en a fait une boulette...

Et où était-elle, maintenant, la boulette grosse comme une tête d'épingle ? Allez la retrouver ! Peut-être qu'il l'avait laissée tomber par terre et écrasée dans la sciure sous son talon ? Peut-être qu'il l'avait avalée ?

Qu'est-ce que cela prouvait, d'ailleurs ? Que le chapelier avait découpé deux lettres dans une page du journal ? Même pas. Ce bout de papier, il pouvait l'avoir ramassé ailleurs, sans le savoir. Et si cela lui plaisait de découper des lettres dans un journal ?

Il y avait de quoi donner la fièvre à un homme plus solide que le petit tailleur, à n'importe lequel de ceux qui étaient là, des gens bien, pourtant, des gros commerçants, un médecin, un assureur, un négociant en vins — des gens assez prospères pour pouvoir jouer aux cartes une bonne partie de l'après-midi et s'offrir plusieurs apéritifs quotidiens.

Ils ne savaient pas. Personne ne savait, sauf Kachoudas.

Et l'homme savait que Kachoudas...

Il en suait, comme s'il avait bu plusieurs grogs et avalé force aspirines. Est-ce que le chapelier avait

120

remarqué son trouble ? Est-ce que le tailleur avait eu l'air de se rendre compte de la nature du petit papier ?

Essayez de penser à des choses aussi capitales sans en avoir l'air, alors que l'autre est à fumer son cigare à moins de deux mètres de vous et que vous êtes censé regarder les joueurs de belote !

— Un vin blanc, Firmin...

Sans le vouloir. Il avait parlé sans le vouloir, parce qu'il avait la gorge sèche. Trois vins blancs, c'était trop. D'abord parce que cela ne lui arrivait pour ainsi dire jamais, seulement à la naissance de ses enfants. Il en avait huit, des enfants. Il en attendait un neuvième. A peine en naissait-il un qu'il en attendait un suivant. Ce n'était pas sa faute. Des gens le regardaient chaque fois d'un air réprobateur.

Est-ce qu'on tue un homme qui a huit enfants et qui en attend un neuvième, qui en attendra un dixième tout de suite après ?

Quelqu'un — l'assureur — qui donnait les cartes, disait à ce moment-là :

— C'est curieux... Voilà trois jours qu'*il* n'a pas tué de vieille femme... *Il* doit commencer à avoir peur...

Entendre ça, savoir ce que Kachoudas savait et parvenir à ne pas regarder le chapelier ! Mais c'était bien sa veine : il regardait droit devant lui, exprès, au prix d'un douloureux effort, et voilà que, devant lui, dans la glace, c'était le visage de M. Labbé que ses yeux rencontraient.

M. Labbé le fixait. Il était placide, mais il le fixait, lui Kachoudas, et il semblait au petit tailleur qu'un sourire vague flottait sur les lèvres du chapelier. Il se demanda même si celui-ci n'allait pas lui adresser un clin d'œil, un clin d'œil complice, bien entendu, comme pour dire :

— C'est rigolo, hein ?

Kachoudas entendit sa propre voix qui articulait :

— Garçon...

Il ne fallait pas. Trois verres, c'était assez, plus qu'assez. Surtout qu'il ne supportait pas la boisson.

— Monsieur ?

— Rien... Merci...

Il y avait une explication possible, après tout. C'était un peu vague dans l'esprit du petit tailleur, mais cela se tenait. A supposer qu'il y ait deux hommes au lieu d'un : d'une part, le tueur de vieilles femmes, dont on ne savait absolument rien, sinon qu'il en était, en trois semaines, à sa sixième victime ; d'autre part, quelqu'un qui voulait s'amuser, mystifier ses concitoyens, peut-être un maniaque, qui écrivait au *Courrier de la Loire* les fameuses lettres composées de caractères découpés dans les journaux ?

Pourquoi pas ? Cela se voit. Il y a des gens à qui ces choses-là tournent la tête.

Mais alors, s'il existait deux hommes au lieu d'un, comment le second, celui des lettres découpées, pouvait-il prévoir ce que ferait le premier ?

Car trois des assassinats au moins avaient été annoncés. Toujours de la même manière. Les lettres étaient envoyées par la poste au *Courrier de la Loire* et, la plupart du temps, les mots imprimés étaient découpés dans le même *Courrier de la Loire,* collés avec soin les uns à côté des autres.

« *On a inutilement fait appel à la brigade mobile. Demain, troisième vieille femme.* »

Certaines missives étaient plus longues. Cela devait prendre du temps pour trouver tous les mots voulus dans le journal, pour les assembler comme un puzzle.

« *Le commissaire Micou, parce qu'il arrive de Paris, se croit très malin alors qu'il n'est qu'un enfant de chœur. Il a tort de boire trop de marc de Bourgogne, qui lui rougit le nez...* »

Au fait, est-ce que le commissaire Micou, que la Sûreté Nationale avait envoyé pour diriger l'enquête, ne venait pas de temps en temps boire un verre au *Café de la Paix* ? Le petit tailleur l'y avait vu. On interrogeait familièrement le policier, qui avait, en effet, un penchant pour le marc de Bourgogne.

— Alors, monsieur le commissaire ?

— Nous l'aurons, n'ayez pas peur. Ces maniaques-là finissent toujours par commettre une faute. Ils sont trop contents d'eux. Il faut qu'ils parlent de leurs exploits.

Et le chapelier était présent quand le policier prononçait ces mots.

« Des imbéciles, qui ne savent rien de rien, pré-
tendent que c'est par lâcheté que je ne m'en prends
qu'aux vieilles femmes. Et si j'ai horreur des
vieilles femmes ? Est-ce mon droit ? Qu'ils insistent
encore et, pour leur faire plaisir, je tuerai un
homme. Même un grand. Même un fort. Cela m'est
égal. Ils verront bien, alors... »

Et Kachoudas qui était tout petit, malingre, pas
plus fort qu'un gamin de quinze ans !

— Voyez-vous, monsieur le commissaire...

Le tailleur sursauta. Le commissaire Micou
venait d'entrer, en compagnie de Pijolet, le dentiste.
Il était gras et optimiste. Il retournait une chaise
pour s'asseoir à califourchon, face aux joueurs, à
qui il disait, condescendant :

— Ne vous dérangez pas...

» Elle avance, elle avance.

— Vous avez une piste ?

Dans la glace, Kachoudas voyait M. Labbé qui
le regardait toujours, et alors il fut pris d'une autre
peur. Et si M. Labbé était innocent, innocent de
tout, des vieilles femmes et des lettres ? S'il avait
attrapé le bout de papier dans le repli de son pantalon par hasard, Dieu sait où, comme on attrape
une puce ?

Il fallait se mettre à sa place. Kachoudas se penchait et ramassait quelque chose. M. Labbé ne
savait même pas au juste où ce bout de papier avait
été ramassé. Qu'est-ce qui prouvait que ce n'était

124

pas le petit tailleur lui-même qui l'avait laissé tomber, qui essayait de le faire disparaître, qui se troublait, le tendait à son interlocuteur ?

Oui, qu'est-ce qui empêchait le chapelier de soupçonner son voisin Kachoudas ?

— Un vin blanc...

Tant pis ? Il en avait déjà trop bu, mais il en avait besoin d'un autre. Il lui semblait qu'il y avait beaucoup plus de fumée que d'habitude dans le café, que les visages étaient plus estompés ; parfois la table des joueurs lui apparaissait comme étrangement lointaine.

Ça, par exemple... S'il soupçonnait M. Labbé et que M. Labbé le soupçonne ?... Est-ce que le chapelier, lui aussi, penserait à la prime de vingt mille francs ?

On prétendait qu'il était riche, que c'était parce qu'il n'avait pas besoin d'argent qu'il laissait péricliter son commerce. Car il aurait fallu nettoyer les vitrines, les moderniser de préférence, augmenter l'éclairage et renouveler tout le stock. Il ne pouvait pas espérer que les gens viendraient lui acheter les chapeaux à la mode d'il y a vingt ans qui encombraient ses rayons et sur lesquels la poussière s'amoncelait.

S'il était avare, les vingt mille francs le tenteraient peut-être ?

Qu'il accuse Kachoudas... Bon ! Au premier abord, tout le monde lui donnerait raison. Parce que Kachoudas, justement, était de ces gens dont on se méfie volontiers. Parce qu'il n'était pas de la ville, pas même du pays. Parce qu'il avait une drôle de tête qu'il tenait de travers. Parce qu'il vivait au milieu d'une marmaille toujours accrue et que sa femme parlait à peine le français...

Mais après ? Pourquoi le petit tailleur se serait-il attaqué à des vieilles femmes, dans la rue, sans se donner la peine de leur voler leurs bijoux ou leur sac à main ?

Il se disait cela, Kachoudas, puis aussitôt après il objectait :

— Et pourquoi M. Labbé, lui, à soixante et des ans, après une vie de citoyen modèle, serait-il pris soudain du besoin d'étrangler les gens dans les rues sombres ?

C'était affreusement compliqué. Même l'ambiance familière du *Café de la Paix* n'était plus rassurante, ni la présence du commissaire Micou.

Qu'on affirme à Micou que c'était Kachoudas et Micou le croirait.

Qu'on lui dise que c'était M. Labbé...

Il fallait y réfléchir sérieusement. C'était une question de vie ou de mort. Est-ce que le tueur n'avait pas annoncé par la voix du journal qu'il pourrait bien s'attaquer à un homme ?

Et il y avait cette rue des Prémontrés à peine éclairée, à parcourir ! Et il habitait juste en face de la chapellerie, d'où on pouvait épier ses moindres faits et gestes !

Enfin, il fallait tenir compte de la question des vingt mille francs. Vingt mille ! Plus qu'il ne gagnait, sur sa table, en six mois...

— Dites donc, Kachoudas...

Il eut l'impression d'atterrir, venant d'un monde lointain, parmi des gens dont, plusieurs minutes, il avait oublié la présence. Comme il n'avait pas reconnu la voix, son réflexe fut de se tourner vers le chapelier qui l'observait en mâchonnant son cigare. Mais ce n'était pas le chapelier qui l'avait interpellé. C'était le commissaire.

— Est-il vrai que vous travaillez vite et pas cher ?

En un éclair, il entrevit une chance inespérée et il faillit se tourner une fois de plus vers M. Labbé pour s'assurer que celui-ci ne lisait pas sa joie sur son visage.

Aller à la police, il n'aurait pas osé le faire. Ecrire, il aurait hésité, car les lettres restent et peuvent vous attirer des ennuis. Mais voilà que par miracle le grand chef, le représentant de l'ordre, de la loi, offrait en quelque sorte de venir chez lui.

— Pour les deuils, je livre un complet en vingt-quatre heures, dit-il en baissant modestement les yeux.

— Alors, mettons que ce soit pour le deuil des six vieilles femmes et faites-m'en un aussi vite. Je n'ai presque rien apporté avec moi de Paris, et cette pluie a mis mes deux costumes en mauvais état. Vous avez du drap pure laine, au moins ?

— Vous aurez le meilleur drap d'Elbeuf.

Mon Dieu ! Comme la pensée du petit tailleur marchait vite ! C'était peut-être l'effet des quatre verres de vin blanc ? Tant pis ! Il en commandait un cinquième, d'une voix plus assurée que d'habitude. Il allait se passer quelque chose de merveilleux. Au lieu de rentrer chez lui — ne serait-il pas mort de peur en pensant à M. Labbé et en passant devant les recoins sombres de la rue des Prémontrés ? — il se ferait accompagner par le commissaire, afin de lui prendre ses mesures. Une fois chez lui, la porte fermée...

C'était magnifique, inespéré. Il toucherait la prime. Vingt mille francs ! Sans courir aucun risque !

— Si vous avez cinq minutes pour me suivre à la maison, qui est tout à côté...

Sa voix tremblait un peu. Il y a des chances sur lesquelles on compte sans oser trop y compter, quand on est un Kachoudas et qu'on a l'habitude, depuis des siècles, des coups de pied au derrière et des entourloupettes du destin.

— ... Je vous prendrai vos mesures et je vous promets que demain soir, à la même heure...

Que c'est bon de s'envoler de la sorte ! Toutes les difficultés sont aplanies. Tout s'arrange, comme dans un conte de fées.

Des gens qui jouent aux cartes... La bonne tête de Firmin — toutes les têtes deviennent bonnes aussi à ces moments-là — qui suit la partie... Le chapelier qu'on s'efforce de ne pas regarder...

Le commissaire va venir... On sort ensemble... On pousse la porte de la boutique... Personne ne peut entendre...

— Ecoutez, monsieur le commissaire, le tueur, c'est...

Patatras ! Il suffit d'une petite phrase pour flanquer tout par terre.

— Je n'en suis pas à une heure près...

Le commissaire a envie de jouer à la belote, lui aussi, et il sait que quelqu'un va lui céder sa place dès que la partie en cours sera terminée.

— J'irai vous voir demain dans la matinée... Je suppose que vous êtes toujours chez vous ?... D'ailleurs, avec ce temps...

Plus rien, la belle histoire fichue. C'était si facile, pourtant ! Et demain matin Kachoudas sera peut-être mort. Sa femme et ses enfants ne toucheront pas les vingt mille francs auxquels il a droit.

Car, de plus en plus, il sent qu'il y a droit. Il en a conscience. Il se révolte.

— Si vous veniez ce soir, je pourrais profiter de...

Cela ne lui réussit pas. Le chapelier doit rire. La partie finit justement et l'assureur donne sa place autour du tapis au commissaire Micou. Les commissaires ne devraient pas avoir le droit de jouer aux cartes. Ils devraient comprendre à demi-mot. Kachoudas ne peut quand même pas le supplier de venir faire prendre ses mesures ?

Comment s'en aller, maintenant ? D'habitude, il ne reste qu'une demi-heure, parfois un peu plus, mais pas beaucoup, au *Café de la Paix*. C'est sa seule distraction, sa folie à lui. Puis il rentre. La marmaille est au complet — les petits rentrés de l'école — et fait un bruit infernal. La maison sent la cuisine. Dolphine — elle porte un prénom ridiculement français, alors qu'elle parle à peine cette langue — Dolphine crie après les petits d'une voix aiguë. Lui, sur sa table, à l'entresol, approchant la lampe de son ouvrage, coud à longueur d'heures...

Il sent mauvais, il le sait bien. Il sent à la fois l'ail, dont on fait une grande consommation dans la maison et le suint des tissus qu'il manie. Il y a des gens, au *Café de la Paix*, qui reculent leur chaise quand il s'assied autour de la table des habitués.

Est-ce une raison pour que le commissaire ne vienne pas tout de suite ? Si seulement quelqu'un s'en allait dans sa direction ? Mais tous, qui sont là, habitent vers la rue du Palais. Tous tournent à gauche, tandis qu'il doit tourner à droite.

Question de vie ou de mort...

— La même chose, Firmin...

Un autre verre de vin blanc. Il a tellement peur que le chapelier sorte sur ses talons ! Puis, alors qu'il a déjà commandé, il pense que, si M. Labbé sort le premier, ce sera peut-être pour lui tendre un piège dans un des coins sombres de la rue des Prémontrés.

Partir avant, c'est dangereux.

Partir après, c'est encore plus dangereux.

Et il ne peut quand même pas rester là toute sa vie ?

— Firmin...

Il hésite. Il sait qu'il a tort, qu'il va être ivre, mais il n'est plus capable de faire autrement.

— La même chose...

Est-ce que ce n'est pas lui qu'on va regarder d'un œil soupçonneux ?

2

Où le petit tailleur assiste
à la fin d'une vieille demoiselle

— Comment va Mathilde ?

Quelqu'un a prononcé ce petit bout de phrase. Mais qui ? A ce moment-là, Kachoudas avait déjà la tête lourde et peut-être même avait-il commandé son septième verre de vin blanc ? Au point qu'on lui a demandé s'il fêtait une nouvelle naissance. C'est probablement Germain, l'épicier, qui a parlé. Cela n'a d'ailleurs aucune importance. Ils sont tous à peu près du même âge, entre soixante et soixante-cinq ans. La plupart ont été ensemble, à l'école d'abord, au collège ensuite. Ils ont joué aux billes ensemble. Ils se tutoient. Ils ont assisté au mariage les uns des autres. Sans doute chacun a-t-il eu plus ou moins comme petite amie, à quinze ou à dix-sept ans, celle qui est devenue la femme de son ami.

Il y en a d'autres, un groupe de quarante à cinquante ans qui se préparent pour la relève, pour quand les aînés n'y seront plus, et qui jouent aux cartes dans le coin gauche du *Café de la Paix*. Ils sont un peu plus bruyants, mais ils arrivent plus tard, vers cinq heures, parce qu'ils n'ont pas encore conquis tous leurs grades.

— Comment va Mathilde ?

C'est un bout de phrase que le petit tailleur a entendu presque tous les jours. On a demandé cela du bout des lèvres, comme on aurait dit :

— Il pleut toujours ?

Parce qu'il y a des éternités que Mathilde, la femme du chapelier, est devenue une sorte de mythe. Elle a dû être une jeune fille comme les autres. Peut-être certains des joueurs l'ont-ils courtisée et embrassée dans les coins. Puis elle a été mariée et sans doute est-elle allée chaque dimanche, en grande tenue, à la messe de dix heures.

Depuis quinze ans, elle vit dans un entresol tout pareil à celui de Kachoudas, juste en face de celui-ci, et dont on écarte rarement les rideaux. Lui-même ne la voit pas, devine à peine la tache laiteuse de son visage les jours de grand nettoyage.

— Mathilde va bien...

Autrement dit, elle ne va pas plus mal, elle est toujours paralysée, on continue à la mettre chaque matin dans son fauteuil, chaque soir dans son lit, mais elle n'est pas encore morte.

On a parlé de Mathilde et d'autres choses. Pas beaucoup du tueur, parce que, au *Café de la Paix,* on feint de ne s'intéresser que de très haut à ces choses-là.

Kachoudas n'a pas osé s'en aller, par crainte de voir le chapelier sortir derrière lui et le suivre. Alors, il a bu. Il a eu tort, mais c'était plus fort que lui. Deux ou trois fois il a remarqué que M. Labbé regardait l'heure à l'horloge blême qui pend entre deux glaces, et il ne s'est pas demandé pourquoi. C'est ainsi seulement qu'il a su qu'il était cinq heures dix-sept exactement quand le chapelier s'est levé et a frappé la table de marbre avec une pièce de monnaie, ce qui est son habitude pour appeler Firmin.

— Combien ?

Si, à l'arrivée, on serre les mains, on se contente, au départ, d'un adieu à la ronde. Certains disent « A demain », d'autres « A ce soir », car il y en a qui se retrouvent après le dîner pour une autre partie.

— Il va m'attendre dans une encoignure de la rue des Prémontrés et me sauter dessus au passage...

Pourvu qu'il puisse payer ses consommations à temps, sortir sur les talons du chapelier et ne pas le perdre des yeux ! Il est le plus petit et le plus maigre des deux. Il y a des chances pour qu'il coure le plus vite. Il vaut mieux suivre l'autre à courte distance, quitte à s'enfuir au moindre geste suspect.

Les deux hommes sortirent à quelques secondes d'intervalle. Chose curieuse, les joueurs ne se retournèrent pas sur le chapelier, mais bien sur le petit tailleur qui ne leur semblait pas être dans son assiette. Qui sait ? Quelqu'un ne murmura-t-il pas :

— Si c'était lui ?

Il ventait de plus belle. Au coin des rues, on recevait le vent comme une claque magistrale, et on en était plié en deux, ou à moitié renversé en arrière. Il pleuvait. Le petit tailleur avait déjà le visage détrempé et grelottait sous son imperméable sans épaisseur.

Peu importe. Il emboîtait le pas à l'autre. Il fallait le suivre de près. C'était sa seule planche de salut. Encore trois cents mètres, deux cents mètres, cent mètres, et il serait chez lui, il pourrait s'enfermer, se barricader en attendant la visite du commissaire, le lendemain matin.

Il comptait les secondes et voilà que le chapelier dépassait son magasin où on entrevoyait vaguement le commis à cheveux roux derrière le comptoir. Kachoudas, lui aussi, dépassait sa boutique, presque sans le savoir, parce qu'une force le poussait à suivre toujours.

Comme tout à l'heure, il n'y avait qu'eux dans la rue, il n'y avait qu'eux dans les rues du quartier de plus en plus désert où ils s'enfonçaient. Chacun entendait nettement les pas de l'autre, comme les échos de son propre pas. Donc, le chapelier savait qu'il était suivi.

Et Kachoudas était mort de peur. Il aurait pu s'arrêter, faire demi-tour, rentrer chez lui ? Sans doute. Peut-être. Seulement, il n'y pensait pas. Si étrange que cela paraisse, il avait trop peur pour ça.

Il suivait. Il marchait à une vingtaine de mètres en arrière de son compagnon. Il lui arrivait de parler tout seul, dans la pluie et dans le vent :

— Si c'est lui...

Est-ce qu'il doutait encore ? Etait-ce pour en avoir le cœur net qu'il entreprenait cette poursuite ?

De temps en temps, les deux hommes, à quelques secondes d'intervalle, passaient devant une boutique éclairée. Puis, tour à tour, chacun s'enfonçait à nouveau dans le noir, et ils n'avaient plus comme repère que le bruit de leurs pas.

— S'il s'arrête, je m'arrête...

Le chapelier s'arrêta et il s'arrêta. Le chapelier repartit, et le petit tailleur se remit en marche avec un soupir de soulagement.

Il y avait des rondes dans la ville, des quantités de rondes, s'il fallait en croire le journal. Pour calmer la population, la police avait mis sur pied un système soi-disant infaillible de surveillance. En effet, on croisa — toujours l'un derrière l'autre — trois hommes en uniforme qui marchaient lourdement au pas et Kachoudas entendit :

— Bonsoir, monsieur Labbé !

Lui, on lui braqua au visage le faisceau d'une lampe de poche et on ne lui dit rien.

Pas de vieilles femmes dans les rues. C'était à se demander où le tueur allait chercher ses vieilles femmes pour les assassiner. Elles devaient se terrer chez elles, ne sortir qu'en plein jour, accompagnées autant que possible. On passa devant l'église Saint-Jean, dont le portail était faiblement lumineux. Mais les vieilles, depuis trois semaines, ne devaient plus aller au salut.

Les rues devenaient de plus en plus étroites. Il y

avait des terrains vagues et des palissades entre certaines maisons.

— Il m'attire en dehors de la ville pour me tuer...

Kachoudas n'était pas brave. Il avait de plus en plus peur. Il était prêt à crier au secours au moindre mouvement du chapelier. S'il suivait, ce n'était pas de son plein gré.

Une rue tranquille, avec des maisons neuves, les pas, toujours, puis, brusquement, plus rien. Plus rien parce que Kachoudas s'était arrêté en même temps que l'homme qu'il suivait et qu'il ne voyait pas.

Où le chapelier était-il passé ? Les trottoirs étaient obscurs. Il n'y avait que trois réverbères dans la rue, loin l'un de l'autre. Il y avait aussi quelques fenêtres éclairées et d'une des maisons sourdaient des accords de piano.

Toujours la même phrase, une étude sans doute — Kachoudas ne s'y connaissait pas en musique —, que l'élève reprenait sans cesse, avec invariablement la même faute à la fin.

Est-ce que la pluie avait cessé ? En tout cas, il ne s'apercevait plus qu'il pleuvait. Il n'osait ni avancer ni reculer. Il était anxieux du moindre bruit. Il avait peur que ce piano maudit l'empêche d'entendre les pas.

La phrase, cinq fois, dix fois, puis soudain le claquement sec du couvercle du piano. C'était clair. La leçon était finie. Il y avait du bruit, des cris dans la maison, une petite fille, délivrée, devait aller retrouver ses frères et sœurs.

Il y avait quelqu'un qui s'habillait pour sortir, qui disait sans doute à la maman :

— Elle a fait des progrès... Mais la main gauche... Il faut absolument qu'elle travaille sa main gauche...

Et ce quelqu'un — la porte s'ouvrait, dessinait un rectangle de lumière jaune — ce quelqu'un était une vieille demoiselle.

— ... Je vous assure, madame Bardon... Pour les cent mètres que j'ai à faire...

Kachoudas n'osait plus respirer. L'idée ne lui vint pas de crier :

— Restez où vous êtes... Surtout, ne bougez pas !...

Pourtant, il savait déjà. Il comprenait maintenant comment cela se passait. La porte se refermait. La vieille demoiselle, qui devait quand même être un peu émue, descendait le seuil de trois marches et se mettait à trottiner en rasant les maisons.

C'était sa rue, n'est-ce pas ? Elle était presque chez elle. Elle y était née, elle, dans cette rue-là. Elle avait joué sur tous les seuils, sur les trottoirs, elle en connaissait les moindres pierres.

Son pas rapide, léger... puis plus de pas !

C'est à peu près tout ce qu'on entendit. *L'absence de pas*. Le silence. Quelque chose de vague, comme un bruissement de vêtements. Est-ce qu'il aurait été capable de bouger ? Est-ce que cela aurait servi à quelque chose ? Et, s'il avait crié, quelqu'un aurait-il eu l'héroïsme de sortir de sa maison ?

Il se serrait contre son mur, et sa chemise lui collait au corps non pas à cause de la pluie qui avait percé l'imperméable, mais à cause de sa sueur.

Ouf !... C'était lui qui avait poussé un soupir. Peut-être la vieille demoiselle aussi — le dernier alors — ou l'assassin ?

On percevait à nouveau des pas, des pas d'homme, en sens inverse. Des pas qui venaient vers Kachoudas, Kachoudas qui était si sûr de courir plus vite que le chapelier et qui ne parvenait pas seulement à décoller ses semelles du trottoir !

L'autre allait le voir. Mais l'autre ne savait-il pas déjà qu'il était là, l'autre ne l'avait-il pas senti derrière lui depuis le *Café de la Paix* ?

Cela n'avait pas d'importance. De toute façon, le petit tailleur était à sa merci. C'était exactement son impression, qu'il n'essayait pas de discuter. Le chapelier prenait soudain à ses yeux des proportions surhumaines et Kachoudas était prêt à lui jurer à genoux, s'il le fallait, de se taire toute sa vie. Malgré les vingt mille francs !

Il ne bougeait pas et M. Labbé se rapprochait. Ils allaient se frôler. Est-ce qu'à la dernière minute Kachoudas aurait la force de se mettre à courir ?

Et, s'il le faisait, n'est-ce pas lui qui serait accusé du meurtre ? Le chapelier n'aurait qu'à appeler au secours. On suivrait le fuyard à la piste. On le rattraperait.

« — Pourquoi vous sauviez-vous ? »

« — Parce que... »

« — Avouez que vous avez assassiné la vieille demoiselle... »

Ils n'étaient que deux dans la rue et rien n'indiquait, en somme, que c'était l'un le coupable plutôt que l'autre. M. Labbé était plus intelligent que le petit tailleur. C'était un homme important, qui était né dans la ville, qui tutoyait les gens en place, qui avait un cousin député.

— Bonne nuit, Kachoudas !...

Si invraisemblable que cela paraisse, c'est tout ce qui se passa. M. Labbé dut à peine distinguer sa silhouette blottie dans l'ombre. Pour dire la vérité entière, Kachoudas était monté sur un seuil et tenait le cordon de sonnette à la main, prêt à tirer de toutes ses forces.

Or voilà que le tueur le saluait tranquillement en passant, d'une voix un peu sourde, mais pas spécialement menaçante.

— Bonne nuit, Kachoudas !...

Il essaya de parler aussi. Il fallait être poli. Il sentait la nécessité impérieuse d'être poli avec un homme comme celui-là et de lui rendre son salut. Il ouvrait en vain la bouche. Aucun son n'en sortait. Les pas s'éloignaient déjà.

— Bonne nuit, monsieur le chapelier !...

Il s'entendit dire cela, il le dit, trop tard, quand le chapelier était déjà loin. Il n'avait pas prononcé de nom par délicatesse, pour ne pas compromettre M. Labbé. Parfaitement !

Il restait sur son seuil. Il n'avait aucune envie d'aller voir la vieille demoiselle, qui, une demi-heure plus tôt, donnait encore une leçon de piano

140

et qui devait être passée définitivement dans un autre monde.

M. Labbé était loin.

Alors, tout à coup, la panique. Il ne pouvait rester là. Il avait peur. Il éprouvait le besoin de s'éloigner de toute la vitesse de ses jambes, mais en même temps il craignait de se heurter au chapelier.

Il risquait d'être arrêté d'une seconde à l'autre. Une patrouille, tout à l'heure, lui avait braqué une torche électrique dans la figure. On l'avait vu, reconnu. Comment expliquerait-il sa présence dans ce quartier où il n'avait rien à faire et où on venait d'assassiner quelqu'un ?

Tant pis ! Il valait mieux aller tout dire à la police. Il marchait. Il marchait vite, en remuant les lèvres.

— Je ne suis qu'un pauvre petit tailleur, monsieur le commissaire, mais je vous jure sur la tête de mes enfants...

Il sursautait au moindre bruit. Pourquoi le chapelier ne l'attendrait-il pas dans un coin sombre comme il l'avait fait pour la vieille demoiselle ?

Il s'imposait des détours, se perdait dans un dédale de petites rues où il n'avait jamais mis les pieds.

— Il n'a pas pu prévoir que je prendrais ce chemin... Il n'était pas si bête que ça, après tout.

— Je veux bien vous dire la vérité, mais il faudra que vous me donniez un ou deux de vos hommes pour me garder jusqu'à ce qu'*il* soit en prison...

Au besoin, il attendrait au commissariat. Les postes de police ne sont pas confortables, mais il en avait vu d'autres au cours de sa vie d'émigrant. Il n'entendrait pas les criailleries de ses enfants, c'était toujours ça de gagné.

Ce n'était pas tellement loin de chez lui. Deux rues plus loin que la rue des Prémontrés. Il apercevait déjà la lanterne rouge portant le mot « Police ». Il devait y avoir, comme toujours, un ou deux agents sur le seuil. Il ne risquait plus rien. Il était sauvé.

— Vous auriez tort, monsieur Kachoudas...

Il s'arrêta net. C'était une vraie voix qui avait dit ça, la voix d'un homme en chair et en os, la voix du chapelier. Et le chapelier était là, contre le mur, son visage placide à peine distinct dans l'obscurité.

Est-ce qu'on sait ce qu'on fait dans ces moments-là ? Il balbutia :

— Je vous demande pardon...

Comme s'il avait bousculé quelqu'un dans la rue. Comme s'il avait marché sur le pied d'une dame.

Puis, comme on ne lui disait rien, comme on le laissait tranquille, il fit demi-tour. Tranquillement. Il ne fallait pas avoir l'air de fuir. Il fallait au contraire marcher comme un homme normal. On ne le suivait pas tout de suite. On lui donnait le temps de prendre le large. Les pas, enfin, ni plus, ni moins rapides que les siens. Donc, le chapelier n'aurait plus le temps de le rattraper.

Sa rue. Sa boutique, avec des tissus sombres dans

la vitrine et quelques gravures de mode. L'autre boutique, en face.

Il ouvrit la porte, la referma, chercha la clef qu'il tourna dans la serrure.

— C'est toi ? criait sa femme d'en haut.

Comme si ça aurait pu être quelqu'un d'autre à cette heure et par ce temps !

— Essuie bien tes pieds...

C'est alors qu'il se demanda s'il était bien éveillé. Elle lui avait dit, à lui, à lui qui venait de vivre ce qu'il avait vécu, cependant que sur le trottoir d'en face l'épaisse silhouette du chapelier se dessinait devant la porte de son magasin :

— *Essuie bien tes pieds.*

Il aurait pu tout aussi bien s'évanouir. Quels mots aurait-elle prononcés, dans ce cas ?

Des décisions de Kachoudas
et de la sollicitude du chapelier

Kachoudas était à genoux par terre, tournant le dos à la fenêtre, avec en face de lui, à quelques centimètres de son nez, les deux grosses jambes et le gros ventre d'un homme debout. L'homme debout, c'était le commissaire Micou, à qui le nouveau drame de la veille au soir n'avait pas fait oublier son complet.

Le petit tailleur mesurait le tour de taille, le tour de hanches, mouillait son crayon de salive, inscrivait des chiffres dans un calepin crasseux posé sur le plancher près de lui, mesurait ensuite la hauteur du pantalon, l'entrejambe. Et M. Labbé, pendant ce temps-là, se tenait derrière les rideaux en guipure de sa fenêtre, juste en face, à la même hauteur. Est-ce que huit mètres les séparaient ? A peine.

Kachoudas avait malgré tout une petite sensation de froid à la nuque. Le chapelier ne tirerait pas, il en était persuadé. Mais peut-on jamais être vraiment sûr ? Il ne tirerait pas, d'abord, parce que ce n'était pas un homme qui tue avec des armes à feu. Et les gens qui tuent ont leurs manies, comme les autres.

Ils ne changent pas volontiers de méthode. Ensuite, s'il tirait, il se ferait fatalement prendre.

Enfin, et surtout, le chapelier avait confiance en Kachoudas. Là était le fond de la question. Est-ce que le petit tailleur, dans la position où il se trouvait, n'aurait pas pu murmurer à cette sorte de statue un peu graisseuse dont il prenait les mesures :

— Ne bronchez pas. N'ayez l'air de rien. Le tueur, c'est le chapelier d'en face. Il est derrière sa fenêtre, à nous épier...

Il n'en fit rien. Il se comporta en petit tailleur modeste et innocent. L'entresol sentait mauvais, mais Kachoudas n'en était pas incommodé, car il était habitué à l'odeur de suint que répandent les tissus, et il était tellement imprégné de cette odeur qu'il la véhiculait partout avec lui. Chez M. Labbé, en face, cela devait sentir le feutre et la colle, ce qui est encore plus désagréable, parce que plus fade. Chaque métier a son odeur.

A ce compte-là, qu'est-ce qu'un commissaire de police devait sentir ? Voilà très exactement ce qu'il pensait à ce moment-là, ce qui indique qu'il avait retrouvé une certaine liberté d'esprit.

— Si vous pouvez venir vers la fin de l'après-midi pour l'essayer, j'espère vous livrer le costume demain matin...

Et il descendit derrière le commissaire, passa devant celui-ci, dans la boutique, pour lui ouvrir la porte dont le timbre résonna. Ils n'avaient même pas fait allusion au tueur, ni à la vieille demoiselle de la veille qui s'appelait Mlle Mollard (Irène Mollard), à laquelle le journal consacrait toute sa première page.

Il avait pourtant passé une nuit agitée, si agitée que sa femme l'avait éveillé pour lui dire :

— Essaie de te tenir tranquille. Tu n'arrêtes pas de me donner des coups de pied.

Il ne s'était pas rendormi. Il avait réfléchi, pendant des heures, à en avoir la tête serrée dans un cercle de fer. A six heures du matin, il en avait eu assez de penser dans son lit et il s'était levé. Après s'être préparé une tasse de café sur le réchaud, il était venu dans son atelier et avait allumé le feu.

Il avait dû faire de la lumière, bien entendu, car le jour n'était pas levé. Juste en face, il y avait de la lumière aussi. Depuis des années, le chapelier se levait à cinq heures et demie du matin. On ne le voyait pas, c'était dommage, à cause des rideaux, mais on devinait ce qu'il faisait.

Sa femme ne voulait voir personne. Il était rare qu'une amie parvînt à franchir sa porte et elle ne restait pas longtemps. Elle refusait aussi de se laisser soigner par la femme de ménage, qui venait le matin à sept heures et repartait le soir.

C'était M. Labbé qui était obligé de tout faire, mettre la chambre en ordre, épousseter, monter les repas. C'était lui qui devait porter sa femme de son lit à son fauteuil et qui, vingt fois par jour, se précipitait dans l'escalier en colimaçon conduisant du magasin au premier étage. Au signal ! Car il y avait un signal ! Une canne était posée près du fauteuil et la main gauche de l'infirme avait encore la force de la saisir pour en frapper le plancher.

Le petit tailleur travaillait, assis sur sa table. Il pensait mieux en travaillant.

— Attention, Kachoudas, se disait-il. Vingt mille francs, c'est bon à prendre et ce serait un crime de les laisser passer. Mais la vie, c'est quelque chose aussi, même la vie d'un petit tailleur venu des confins de l'Arménie. Le chapelier, serait-il fou, est plus intelligent que toi. Si on l'arrête, il est probable qu'on le relâchera faute de preuves. Ce n'est pas un homme qui doit s'amuser à laisser traîner des bouts de papier découpés dans sa maison...

Il avait raison de penser comme ça, sans se presser, tout en tirant l'aiguille, car voilà déjà que cela lui donnait une idée. Certaines des lettres envoyées au *Courrier de la Loire* comportaient une page entière de texte. Le temps de trouver les mots, parfois les lettres séparées, de les découper, de les coller, cela représentait des heures de patience.

Or, en bas, dans la boutique du chapelier, il y avait toute la journée le commis à cheveux roux, Alfred. Derrière la boutique existait un atelier avec des têtes de bois sur lesquelles M. Labbé mettait les chapeaux en forme, mais un judas vitré faisait communiquer magasin et atelier.

Dans la cuisine et dans les autres pièces régnait la femme de ménage. Il ne restait qu'un seul endroit où le tueur pût se livrer en paix à son travail de patience : la chambre de sa femme qui était aussi sa chambre et où personne n'avait le droit de pénétrer.

Et Mme Labbé était incapable de bouger, incapable de parler autrement que par onomatopées. Qu'est-ce qu'elle pensait en voyant son mari s'amuser à découper des bouts de papier ?

— D'ailleurs, mon petit Kachoudas, si tu le dénonces à présent et qu'on finisse par découvrir une preuve, ces gens-là (il pensait à ceux de la police, y compris à son nouveau client le commissaire) prétendront que c'est eux qui ont tout fait et te chiperont la plus grosse part des vingt mille francs...

La peur de perdre les vingt mille francs et la peur de M. Labbé, tels étaient désormais ses sentiments essentiels.

Or, dès neuf heures, il n'eut presque plus peur du chapelier. Au milieu de la nuit, tout à coup, on avait cessé d'entendre le vacarme de l'eau dans les gouttières, le tambourinement de la pluie sur les toits, le sifflement du vent dans les volets. Comme par miracle, après quinze jours, la pluie et la tempête venaient de cesser. Tout au plus, à six heures, une pluie fine tombait-elle encore, mais si fine qu'elle était silencieuse et presque invisible.

Maintenant, les pavés des trottoirs, par plaques, reprenaient leur couleur grise et les gens circulaient dans les rues sans parapluie. C'était samedi, jour de marché. Le marché se tenait sur une petite place vieillotte, au bout de la rue.

A neuf heures, Kachoudas descendit, retira les

barres de sa porte, se trouva sur le trottoir et se mit en devoir de retirer les lourds panneaux de bois peints en vert sombre qui servaient de volets.

Il en était au troisième panneau — il fallait les rentrer l'un après l'autre dans la boutique — quand il entendit le bruit des panneaux du même genre que l'on retirait en face, à la vitrine du chapelier. Il évita de se retourner. Il n'avait pas trop peur, car le charcutier, sur son seuil, bavardait avec le marchand de sabots.

Des pas traversèrent la rue. Une voix fit :

— Bonjour, Kachoudas !...

Et lui, un panneau à la main, parvint à prononcer d'une voix presque naturelle :

— Bonjour, monsieur Labbé.

— Dites-moi, Kachoudas...

— Oui, monsieur Labbé...

— Est-ce qu'il y a déjà eu des fous dans votre famille ?

Le plus fort, c'est que sa première réaction fut de chercher dans sa mémoire, de penser aux frères et sœurs de son père et de sa mère.

— Je ne crois pas...

Alors M. Labbé prononçait avant de faire demi-tour, avec, sur le visage, une expression de satisfaction :

— Cela ne fait rien... Cela ne fait rien...

Ils avaient pris contact, tout simplement. Peu importe ce qu'ils s'étaient dit. Ils avaient échangé quelques mots, comme de bons voisins. Kachoudas n'avait pas tremblé. Est-ce que le charcutier, par exemple, qui était plus grand et beaucoup plus fort que lui — il portait un cochon entier sur son dos —, n'aurait pas blêmi si on lui avait déclaré :

— Cet homme-là, qui vous regarde avec de gros yeux graves et rêveurs, c'est l'assassin des sept vieilles femmes.

Kachoudas, lui, ne pensait plus qu'aux vingt mille francs. A sa peau, bien sûr, mais davantage aux vingt mille francs.

Les plus petits étaient à l'école. Son aînée était partie pour les magasins *Prisunics,* où elle était vendeuse. Sa femme s'en allait au marché.

Il remonta dans son cagibi, à l'entresol, grimpa sur la table, où il s'installa, et commença à travailler.

Ce n'était qu'un petit tailleur arménien, turc ou syrien — il n'en savait rien lui-même tant, là-bas, on leur avait fait traverser de fois les frontières, par centaines de pauvres types, par milliers, comme on transvase des liquides. Il n'était pour ainsi dire pas allé à l'école, et personne ne l'avait jamais considéré comme un homme intelligent.

M. Labbé, en face, était occupé à mettre des chapeaux sur forme. S'il n'en vendait pas beaucoup, ses amis du *Café de la Paix* lui donnaient tout au moins leurs chapeaux à remettre à neuf. De temps en temps, on le voyait paraître dans le magasin, en gilet, en bras de chemise. De temps en temps aussi il se précipitait à l'entresol, par l'escalier en colimaçon, appelé par un coup de canne sur le plancher.

Quand Mme Kachoudas revint du marché et commença, selon son habitude, à parler toute seule dans la cuisine, le petit tailleur avait déjà un commencement de sourire.

Qu'est-ce que le journal avait écrit, la veille, entre autres choses plus ou moins pertinentes ? Car le journal menait son enquête parallèlement à celle de la police. Il y avait aussi des reporters de Paris qui travaillaient de leur côté à la découverte du tueur.

Si on reprend les crimes un à un on constate...
Premièrement qu'ils étaient commis non dans un quartier déterminé de la ville, mais sur les points les plus opposés de celle-ci. *Donc,* concluait le journaliste, *le tueur peut se déplacer sans attirer l'attention. Donc, c'est un homme d'aspect banal ou rassurant, car malgré l'obscurité dans laquelle il opère, force lui est de passer parfois sous des becs de gaz ou devant des vitrines.*

C'est un homme qui n'a pas besoin d'argent, puisqu'il ne vole pas.

C'est un homme méticuleux, car il ne laisse rien au hasard.

C'est sans doute un musicien, car il se sert, pour étrangler ses victimes, qu'il surprend par-derrière, d'une corde de violon ou de violoncelle.

Si, maintenant, on reprend la liste des femmes qu'il a tuées...
Et cela devenait plus intéressant aux yeux de Kachoudas.

... on constate, entre elles, comme un certain air

de famille. C'est assez difficile à préciser. Certes, leur état civil est fort différent. La première était veuve d'un officier à la retraite, mère de deux enfants, tous deux mariés à Paris. La seconde tenait un petit magasin de mercerie et son mari est encore employé à la mairie. La troisième...

Une sage-femme, une libraire, une rentière assez riche habitant toute seule un hôtel particulier, une demi-folle — riche aussi — qui ne s'habillait qu'en mauve, et enfin Mlle Mollard, Irène Mollard, le professeur de piano.

La plupart de ces femmes, remarquait le journaliste, *avaient de soixante-trois à soixante-cinq ans, et toutes, sans exception, sont originaires de notre ville.*

C'est le prénom d'Irène qui frappa le petit tailleur. On ne s'attend pas, d'habitude, à ce qu'une vieille femme ou une vieille fille s'appelle Irène, encore moins Chouchou ou Lili... Parce qu'on oublie qu'avant d'être une vieille femme elle a été une jeune fille, avant encore une petite fille.

Voilà ! Ce n'était rien d'extraordinaire. Et pourtant, pendant des heures, Kachoudas, qui travaillait au complet du commissaire, tourna autour de cette petite idée-là.

Qu'est-ce qui se passait au *Café de la Paix*, par exemple ? Ils étaient une bonne dizaine à se retrouver chaque après-midi. Ils occupaient des situations diverses. La plupart étaient à leur aise, parce qu'il est naturel d'être à son aise passé la soixantaine.

Or presque tous se tutoyaient. Non seulement ils se tutoyaient, mais ils avaient un vocabulaire à eux, des bouts de phrases qui n'avaient de sens que pour eux, des plaisanteries qui ne faisaient rire que les initiés.

Parce qu'ils étaient allés à l'école, ou au collège, ou au service militaire ensemble !

C'est à cause de cela, justement, que Kachoudas était et resterait pour eux un étranger, et qu'on ne l'invitait à prendre les cartes que si d'aventure on manquait d'un quatrième à une table. En somme, pendant des mois, il attendait patiemment l'occasion de faire le quatrième.

— Comprenez-vous, monsieur le commissaire ? Je parierais que les sept victimes du tueur se connaissaient comme ces messieurs du *Café de la Paix* se connaissent. Seulement, les vieilles femmes ne vont pas au café, ce qui fait qu'elles se perdent peut-être plus facilement de vue. Il faudrait savoir si elles se voyaient encore. Elles avaient à peu près le même âge, monsieur le commissaire. Et tenez, il y a un détail qui me revient, qui a été donné aussi par le journal. Pour chacune d'elles, on a employé les mêmes mots, on a dit qu'elles étaient *de bonne famille* et qu'elles avaient reçu *une excellente éducation...*

Il ne parlait pas au commissaire Micou, ni à aucun policier, bien entendu, mais il parlait tout seul ; comme sa femme, comme toujours quand il était content de lui.

— Supposez qu'on sache enfin comment le tueur

— je veux dire le chapelier — choisissait ses victimes...

Car il les choisissait à l'avance, Kachoudas
l'avait bien vu. Il ne se promenait pas par les rues,
le soir, au petit bonheur, pour sauter sur la première
vieille femme venue. La preuve, c'est qu'il était allé
droit à la maison où Mlle Mollard (Irène) donnait
sa leçon de piano.

Il avait dû en être de même pour les précédentes.
Dès lors, qu'on sache comment il établissait son
plan, comment il établissait ses listes...

Mais oui ! Pourquoi pas ? Il agissait exactement
comme s'il avait établi une liste complète et défi-
nitive. Kachoudas l'imaginait fort bien rentrant chez
lui le soir et barrant un nom, lisant le suivant, pré-
parant son coup pour un des jours prochains.

Combien de vieilles femmes ou de vieilles filles
figuraient sur la liste ? Combien y avait-il dans la
ville de femmes de soixante-deux à soixante-cinq
ans, *de bonne famille*, ayant reçu *une excellente
éducation* ?

Qu'on connaisse les autres, celles qui restaient,
en somme, qu'on les surveille discrètement et, fatalement, on prendrait le chapelier sur le fait.

Voilà ce que le petit tailleur avait trouvé, tout
seul, dans son cagibi, assis sur sa table. Non parce
qu'il était un homme intelligent ou subtil, mais
parce qu'il avait décidé de gagner les vingt mille
francs. Et aussi, un petit peu, parce qu'il avait peur.

A midi, avant de se mettre à table, il descendit

un moment pour prendre l'air sur le trottoir et pour acheter des cigarettes au tabac du coin.

M. Labbé sortait de chez lui, les mains dans les poches de son pardessus, et, à la vue du petit tailleur, il retira une de ses mains pour lui adresser un signe amical.

C'était très bien ainsi. Ils se saluaient. Ils se souriaient.

Le chapelier, sans doute, avait une lettre dans sa poche et allait la jeter dans une boîte. Après chaque assassinat de vieille femme, il écrivait une lettre qu'il envoyait au journal.

Celle-ci, que Kachoudas put lire le soir dans le *Courrier de la Loire,* disait :

M. le commissaire Micou a tort de se monter une garde-robe comme s'il devait séjourner des mois parmi nous. Encore deux et ce sera fini.

Bien le bonjour à mon petit ami d'en face.

C'est au *Café de la Paix* que Kachoudas lut le journal. Le commissaire était là, un peu inquiet pour son complet en voyant que le tailleur ne travaillait pas. Le chapelier était là aussi, et, cette fois, il faisait la partie avec le docteur, l'agent d'assurances et l'épicier.

Il trouva cependant le moyen de regarder Kachoudas et de lui sourire, d'un sourire presque sans arrière-pensée, peut-être sans arrière-pensée du tout, comme s'ils étaient vraiment devenus des amis.

Alors le petit tailleur comprit que cela faisait plaisir au chapelier d'avoir au moins un témoin, quelqu'un qui savait, qui l'avait vu à l'œuvre.

Quelqu'un pour l'admirer, en somme !

Il sourit, lui aussi, d'un sourire un tantinet contraint.

— Il faut que j'aille travailler à votre complet, monsieur le commissaire... Vous pourrez l'essayer dans une heure... Justin !...

Il hésita. Oui ou non ? Oui ! Un vin blanc, en vitesse ! Un homme qui va gagner vingt mille francs peut bien se payer deux verres de vin blanc.

4

Où un petit tailleur pas chrétien
sauve Mère Sainte-Ursule

C'était impressionnant. Déjà la cloche, que le petit tailleur avait déclenchée en tirant la sonnette et dont les ondes n'en finissaient pas de se répercuter dans la grande bâtisse qui paraissait déserte. Cette immense façade en pierres grises, ces fenêtres aux volets clos d'où filtrait une faible lumière. La porte lourde et bien vernie, aux boutons de cuivre astiqués. Heureusement qu'il ne pleuvait plus et qu'il n'avait pas les pieds crottés !

Des pas feutrés. Un judas qui s'ouvrait, grillagé, comme dans une prison, un visage gras et blafard qu'on devinait, un bruit léger qui n'était pas un bruit de chaînes, mais le bruissement d'un chapelet.

On l'observait sans rien dire, et il finissait par bégayer :

— Je voudrais parler à la Supérieure, s'il vous plaît...

A ce moment, il eut peur. Il trembla. La rue était déserte. Il avait compté sur la partie de cartes. Mais M. Labbé pouvait avoir cédé sa place ? Or c'était ici que Kachoudas courait le plus grand risque.

Si le chapelier l'avait suivi, si le chapelier était quelque part dans l'ombre, cette fois, il n'hésiterait pas, malgré son sourire de tout à l'heure, à en finir avec lui comme avec les vieilles femmes.

— Mère Sainte-Ursule est au réfectoire.

— Voulez-vous lui dire que c'est urgent, que c'est une question de vie ou de mort...

Bien sûr que son profil n'était pas un profil de chrétien, et il ne l'avait jamais tant regretté de sa vie. Il piétinait, comme un homme pris d'un besoin urgent.

— Qui dois-je annoncer ?

Mais qu'elle ouvre donc la porte, bon Dieu !

— Mon nom ne lui dira rien. Expliquez-lui que c'est de toute première importance...

Pour lui ! Pour les vingt mille francs !

Elle s'en allait à pas feutrés, restait un temps infini absente, se décidait enfin à revenir et à manier trois ou quatre verrous bien huilés.

— Si vous voulez me suivre au parloir...

L'air était tiède, fade, un peu sucré. Tout était couleur d'ivoire, avec des meubles noirs, le silence tel qu'on entendait le tic tac de quatre ou cinq horloges dont certaines devaient être loin.

Il n'osait pas s'asseoir. Il ne savait comment se tenir. On le laissait attendre longtemps, et soudain il tressaillait en voyant devant lui une vieille religieuse qu'il n'avait pas entendue venir.

— Quel âge a-t-elle ? se demanda-t-il, car il est difficile de deviner l'âge d'une bonne sœur en cornette.

158

— Vous avez demandé à me parler ?

Il avait téléphoné d'abord, de chez lui, à M. Cujas, le mari de la deuxième vieille femme tuée, celui qui était employé à la mairie. M. Cujas était encore à son bureau, aux « objets trouvés ».

— Qui est à l'appareil ? hurlait-il avec impatience.

Kachoudas avait mis un bon bout de temps à oser déclarer :

— Un des inspecteurs du commissaire Micou... C'est pour vous demander, monsieur Cujas, si vous savez où votre femme a fait ses études...

Au couvent de l'Immaculée-Conception, parbleu ! C'était fatal, puisqu'on avait parlé d'excellente éducation.

— Excusez-moi, ma Mère...

Il bafouillait. Il n'avait jamais été aussi mal à l'aise de sa vie.

— J'aimerais avoir la liste des élèves qui ont passé par votre institution et qui auraient aujourd'hui soixante-trois ans... Ou soixante-quatre... Ou...

— J'en ai soixante-cinq...

Elle montrait un visage de cire rose, des yeux bleu clair. Tout en l'observant, elle jouait avec les grains du lourd chapelet qui pendait à sa ceinture.

— Vous pourriez être morte, ma Mère...

Il s'y prenait mal. Il s'affolait. Il s'affolait surtout parce qu'il commençait à avoir la certitude de toucher les vingt mille francs.

— Mlle Mollard a fait ses études ici, n'est-ce pas ?

— C'était une de nos plus brillantes élèves...

— Et Mme Cujas...

— Desjardins, de son nom de jeune fille...

— Ecoutez, ma sœur... Si ces personnes étaient dans la même classe...

— Nous étions dans la même classe... C'est pourquoi, ces temps-ci...

Mais il n'avait pas le temps de l'écouter.

— Si je pouvais avoir une liste des demoiselles qui, à cette époque...

— Vous êtes de la police ?

— Non, madame... Je veux dire, ma Mère... Mais c'est tout comme... Figurez-vous que je sais !

— Vous savez quoi ?

— C'est-à-dire que je crois que je vais savoir... Est-ce qu'il vous arrive de sortir ?

— Chaque lundi, pour me rendre à l'Evêché...

— A quelle heure ?

— A quatre heures...

— Si vous acceptiez de m'établir la liste...

Qui sait ? Elle le prenait peut-être pour le tueur ? Mais non ! Elle restait calme, sereine même.

— Il ne reste pas beaucoup d'élèves de cette année-là... Certaines sont mortes, hélas !... Quelques-unes récemment...

— Je sais, ma Mère...

— A part Armandine et moi...

— Qui est Armandine, ma Mère ?

— Armandine d'Hautebois... Vous devez en

160

avoir entendu parler... D'autres ont quitté la ville et nous avons perdu leur trace... Mais tenez !... Attendez-moi un instant...

Peut-être qu'après tout les religieuses sont heureuses, elles aussi, de trouver une distraction. Elle ne resta que quelques instants absente. Elle revint avec une photographie jaunie, un groupe de jeunes filles, sur deux rangs, portant toutes le même uniforme, le même ruban avec une médaille en sautoir.

Il y en avait de grasses et de maigres, de laides et de jolies, il y en avait une énorme, semblable à une poupée de son, et Mère Sainte-Ursule disait modestement :

— Celle-ci, c'est moi...

Puis, désignant du doigt une jeune fille malingre :

— Celle-ci est Mme Labbé, la femme du chapelier... Celle-là qui louche un peu, c'est...

Le chapelier avait raison. De celles qui vivaient encore, qui avaient continué à habiter la ville, il n'en restait que deux, sans compter sa propre femme : Mère Ursule et Mme d'Hautebois.

— Mme Labbé est très malade... Il faudra que j'aille la voir samedi, comme chaque année, car c'est samedi prochain son anniversaire, et nous avons gardé l'habitude, nous, mes amies de pension, de...

— Merci, ma Mère...

Il avait trouvé ! Il avait gagné ses vingt mille francs ! En tout cas, il allait les gagner ! Toutes les victimes du chapelier figuraient sur la photographie.

161

Et les deux qui vivaient encore, en dehors de Mme Labbé, c'étaient évidemment celles dont le tueur annonçait la fin prochaine.

— Je vous remercie, ma Mère... Il est indispensable que je parte aussitôt... On m'attend...

C'était vrai d'ailleurs. Le commissaire Micou n'allait pas tarder à venir chez lui pour essayer son complet. Le petit tailleur ne se comportait peut-être pas comme il aurait dû le faire. Il n'avait pas l'habitude des couvents. Tant pis si on le prenait pour un fou ou pour un mal élevé.

Il remerciait, faisait des révérences, gagnait la porte à reculons ; il était pris de peur, au moment de franchir le portail, à l'idée que le chapelier le guettait peut-être dans l'ombre. Et maintenant, sortant d'où il sortait, son compte était bon.

— Je peux vous dire, monsieur le commissaire, qui sera la prochaine victime... Ce sera en tout cas une des deux femmes que je vais vous citer... Auparavant, je désirerais que vous me donniez quelques garanties au sujet des vingt mille francs...

Voilà ce qu'il allait déclarer. Carrément, en homme qui ne tient pas à se laisser jouer. Etait-ce lui, oui ou non, qui avait tout découvert ?

Et pas seulement par hasard, il saurait bien le souligner devant les journalistes. Le bout de papier dans le repli du pantalon, certes ! Mais le reste ? Mais le couvent ? Qui avait pensé au couvent ? Kachoudas, et personne d'autre ! Si bien que Mère Sainte-Ursule lui devrait la vie. Et aussi

Mme d'Hautebois, qui habitait un château des environs et qui était très riche...

Il marchait vite. Il courait. De temps en temps, il se retournait pour regarder derrière lui. Il voyait déjà sa maison, sa boutique. Il y entrait en coup de vent. Il avait envie de crier :

— J'ai gagné vingt mille francs !

Il grimpait à l'entresol. Il allumait. Il se précipitait à la fenêtre pour fermer les rideaux.

Et alors il restait là, figé, les genoux tremblants. Les rideaux, en face, étaient largement ouverts, ce qui n'était jamais arrivé. La chambre était éclairée. On découvrait un grand lit en noyer, une courtepointe blanche, un édredon rouge. On voyait aussi une armoire à glace, une toilette, deux fauteuils recouverts de tapisserie et des agrandissements photographiques au mur.

Sur l'édredon, il y avait une tête de bois.

Et, debout au milieu de la pièce, deux hommes qui s'entretenaient paisiblement : le commissaire Micou et Alfred, le jeune commis roux de la chapellerie.

Cela devait sentir le renfermé, car ils avaient non seulement ouvert les rideaux, mais les fenêtres.

— Monsieur le commissaire... appela Kachoudas, à travers la rue, en ouvrant la sienne.

— Un instant, mon ami...

— Venez... Je sais tout...

— Moi aussi.

Ce n'était pas vrai. Ce n'était pas possible. Ou plutôt, si. En regardant attentivement une des photographies, un peu à droite du lit, Kachoudas reconnaissait le groupe des jeunes filles du couvent.

Il se pencha par la fenêtre, constata qu'il y avait un agent devant la porte. Il dégringola l'escalier, traversa la rue.

— Où vas-tu ? lui cria sa femme.

Défendre ses vingt mille francs !

— Qu'est-ce que vous désirez ?

— Le commissaire m'attend...

Il pénétrait dans la boutique du chapelier, gravissait l'escalier en colimaçon. Il entendait des voix. Celle du commissaire :

— En somme, depuis quand avez-vous l'impression que Mme Labbé était morte ?

Une voix de femme pointue :

— Depuis longtemps je m'en doutais... Je m'en doutais sans m'en douter... C'est surtout à cause du poisson...

C'était la femme de ménage, que Kachoudas n'avait pas vue d'en face, parce qu'elle lui était cachée par le mur.

— De quel poisson ?

— De tous les poissons : du hareng, du merlan, de la morue...

— Expliquez-vous...

— Elle ne pouvait pas manger de poisson...

— Pourquoi ?

— Parce que cela lui faisait du mal... Il paraît qu'il y a des gens comme ça... Moi, ce sont les fraises et les tomates qui me donnent de l'urticaire...

J'en mange, parce que je les aime, surtout les fraises, mais je me gratte toute la nuit...

— Alors ?

— Vous me promettez que j'aurai mes vingt mille francs ?

Kachoudas, debout sur le palier, fut écœuré.

— Etant donné que c'est vous qui nous avez avertis la première...

— Remarquez que j'hésitais, étant donné qu'on a toujours peur de se tromper... Sans compter que je suis une vieille femme, moi aussi... Vous comprenez ?... Il m'en a fallu du courage, allez, pour continuer à venir ici... Bien que je me disais qu'à moi, qui travaille chez eux depuis quinze ans, il n'oserait pas faire de mal...

— Le poisson ?...

— Ah ! oui, j'oubliais... Eh bien ! une première fois que j'avais préparé du poisson pour lui et que je voulais faire de la viande pour Madame, il m'a dit que ce n'était pas la peine, qu'elle mangerait la même chose... C'est lui qui lui montait ses repas...

— Je sais... Il était avare ?

— Il était *regardant*...

— Qu'est-ce que vous voulez, Kachoudas ?

— Rien, monsieur le commissaire... Je savais tout...

— Que Mme Labbé était morte ?

— Non, mais que Mère Sainte-Ursule et Mme d'Hautebois...

— Qu'est-ce que vous me chantez ?

— Qu'il allait les tuer...

— Pourquoi ?

A quoi bon lui expliquer, lui montrer la photo des jeunes filles en rang, avec leur médaille sur la poitrine, maintenant qu'il ne pouvait plus espérer toucher les vingt mille francs ?

Si encore on partageait ? Il hésita, épia la vieille femme de ménage, mais comprit qu'elle était coriace et qu'elle ne se laisserait pas faire.

— Il y a aussi eu la ficelle...

— Quelle ficelle ?

— Celle que j'ai découverte l'autre jour en faisant le ménage de son atelier. Il ne voulait jamais que je nettoie cette pièce-là. Je l'ai fait en son absence, parce que c'était crasseux. Et, derrière les chapeaux, j'ai découvert une ficelle qui descendait du plafond. J'ai tiré dessus et j'ai entendu le même bruit que quand Madame frappait sur le plancher d'en haut avec sa canne... Alors, je vous ai écrit...

— Mon costume, Kachoudas ?

— Il sera prêt, monsieur le commissaire... Mais qu'est-ce que vous avez fait du chapelier ?

— J'ai laissé deux hommes à la porte du *Café de la Paix* pour le cas où il interromprait sa partie... Nous avons reçu la lettre de cette brave femme ce matin... Reste maintenant à découvrir le corps de Mme Labbé qui est probablement enterré dans le jardin ou dans la cave...

On le mit au jour une heure plus tard, non dans le jardin, mais dans la cave, où il était scellé sous

166

une couche de béton. Il y avait du monde, maintenant, dans la maison du chapelier, le commissaire du quartier, le juge, le substitut, deux médecins — dont l'habitué du *Café de la Paix* — sans compter des gens qui n'avaient rien à y faire et qui s'étaient introduits Dieu sait comment.

On allait et venait à travers la maison, on touchait à tout, les tiroirs étaient ouverts, vidés de leur contenu, les matelas et les oreillers éventrés. Dans la rue, à sept heures, on comptait plus de mille personnes et, à huit heures, la gendarmerie était obligée de contenir une foule furieuse qui criait à mort.

M. Labbé était là aussi, calme et digne, l'air un peu absent, menottes aux poings.

— Vous avez commencé par tuer votre femme...

Il haussait les épaules.

— Vous l'avez étranglée comme les autres...

Alors, il précisait :

— Pas comme les autres... Avec mes mains... Elle souffrait trop...

— Ou, plus exactement, vous en aviez assez de la soigner...

— Si vous voulez... Vous êtes trop bête...

— Ensuite, vous vous êtes mis à tuer les amies de votre femme... Pourquoi ?

Haussement d'épaules. Silence.

— Parce qu'elles avaient l'habitude de venir la voir de temps en temps, et que vous ne pouviez pas toujours leur répondre qu'elle ne voulait recevoir personne...

— Si vous y tenez... Du moment que vous vous croyez si malin !

Son regard croisa celui de Kachoudas et le chapelier eut l'air de prendre le petit tailleur à témoin. Si bien que Kachoudas rougit. Il avait honte de cette sorte d'intimité qui s'était établie entre eux.

— L'anniversaire... aurait pu souffler Kachoudas au commissaire.

L'anniversaire de Mme Labbé, qui tombait le samedi suivant. Or chaque année, à la même date, toutes ses amies, y compris Mère Sainte-Ursule, venaient lui rendre visite en groupe.

Est-ce qu'il ne fallait pas qu'elles soient toutes liquidées pour ce jour-là ?

— Il est fou ? questionnait crûment, devant M. Labbé, le commissaire, s'adressant aux deux médecins. Dites donc, Labbé, vous êtes fou, n'est-ce pas ?

— C'est fort possible, monsieur le commissaire, répondait l'autre d'une voix douce.

Et il adressa un clin d'œil à Kachoudas. Aucun doute là-dessus : il lui adressa un clin d'œil complice.

— Les imbéciles !... semblait-il dire. Nous deux, on se comprend...

Or, le petit tailleur, qui venait de perdre vingt mille francs — car enfin, il venait bel et bien de perdre vingt mille francs qui lui étaient presque dus — ne put faire autre chose que sourire, d'un sourire un peu jaune, mais amical, en tout cas bienveillant, parce qu'il y avait malgré tout des choses qu'ils venaient de vivre ensemble.

Les autres, ceux du *Café de la Paix*, avaient sans doute été à l'école avec le chapelier ; certains avaient peut-être partagé sa chambrée à la caserne.

Kachoudas, lui, c'était un crime qu'il avait pour ainsi dire partagé.

Et cela crée quand même une autre intimité !

Bradenton Beach (Floride), mars 1947.

UN CERTAIN MONSIEUR BERQUIN

La voiture qui suivait était occupée par un homme, sa femme et leurs deux enfants — le mari était associé à un mandataire aux Halles — et la famille se rendait dans un village des environs d'Elbeuf pour l'enterrement d'une tante. Il pleuvait depuis Paris, mais il pleuvait plus dru depuis qu'on approchait de la Normandie. L'essuie-glace marchait par saccades, avec des arrêts qui faisaient croire qu'il allait s'immobiliser, définitivement, puis il repartait au ralenti, reprenait enfin pour un moment son rythme de métronome, effaçant les sillons de mouillé.

La route descendait depuis un certain temps entre des bois sombres. Deux ou trois fois, quand elle était à peu près droite, on avait aperçu le feu arrière de la première auto. Celle-ci ne roulait pas particulièrement vite. A bonne allure. Mais on ne pouvait pas dire qu'elle faisait de la vitesse.

Justement, alors qu'on distinguait de la sorte le petit feu rouge, assez loin, à un kilomètre environ, ce feu parut se déplacer d'une façon anormale à un endroit où la route décrivait une grande courbe.

On n'a pas beaucoup le temps de réfléchir, dans

ces circonstances-là. M. Bidus — c'était le nom du conducteur de la seconde voiture — pensa d'abord que la première auto avait été un peu déportée sur la droite à la suite d'un dérapage, mais qu'elle avait pu franchir le virage. Sa femme, elle, lui mit machinalement la main sur le bras.

On ne voyait presque rien au-delà des hachures de pluie. On faillit passer. Le mari et la femme distinguèrent en même temps, dans le fossé, une auto complètement retournée dont un des phares, encore allumé, éclairait drôlement les herbes à ras de terre, et ce spectacle avait quelque chose d'incongru, de presque indécent, comme celui d'un homme qui aurait mis son pantalon sur sa tête.

— Tu ferais mieux de continuer, dit-elle. A cause des enfants...

Mais il avait déjà serré ses freins. Il prononçait à son tour :

— Reste près d'eux...

Et, dehors, il entendait soudain le bruissement monotone de la pluie, le ronron de son propre moteur qu'il n'avait pas arrêté. Pourquoi hésitait-il à s'avancer ? On aurait pu croire qu'il avait peur. Il appelait, comme un enfant dans le noir :

— Quelqu'un...

Il se mouillait les pieds et le bas du pantalon dans les herbes folles qui, à la lumière des phares, étaient d'un vert pâle.

— Vous avez besoin de quelque chose ?

Le silence, que la pluie épaississait au lieu de rompre, était impressionnant. M. Bidus retourna à sa voiture, pour y prendre une torche électrique, chuchota :

— Personne ne répond.

— Dis, papa...

— Chut !... Dormez, vous autres... Laissez votre père tranquille...

Quand la torche électrique éclaira les abords de l'auto, il y avait un homme, assis par terre, à côté de celle-ci. Cet homme regardait M. Bidus. Il le regardait calmement, avec l'air de réfléchir.

— Vous êtes blessé ?

L'autre le fixait toujours sans mot dire, mécontent, eût-on dit, d'être dérangé dans sa méditation. Le second automobiliste s'approcha davantage, et alors il vit que la tête de son interlocuteur avait une drôle de forme, que quelque chose pendait sur l'oreille droite, quelque chose qui était de la peau avec des cheveux.

— Vous souffrez ?

Est-ce que le blessé l'entendait ? Il continuait à le regarder avec une souveraine indifférence, avec l'air de suivre son rêve intérieur.

— Restez ici... Ne bougez pas... Je vais aller chercher du secours... Y a-t-il d'autres personnes dans la voiture ?

C'est impressionnant de voir, les roues en l'air, un véhicule qu'on est plus habitué à rencontrer dans sa position normale. L'homme dut entendre, regarda la machine autour de laquelle scintillaient des débris de vitre et haussa les épaules.

— Je reviens tout de suite...

M. Bidus rejoignit sa femme et murmura :

— Je crois qu'il a pris un fameux coup...

Puis il roula doucement jusqu'à ce qu'il découvrît une maison, à deux cents mètres à peine, sur la gauche.

Il faisait froid. Tout était mouillé et froid. Les gens de la maison hésitaient à répondre, et pourtant il y avait un rideau qui remuait. Les enfants posaient des questions. Enfin le dialogue s'engageait à travers la fenêtre close.

— Il y a un accident... hurlait M. Bidus.

— Vous avez un accident ?

— Il y a un accident... Là-bas... Plus haut...

Il fallait gueuler. Combien de temps s'écoula-t-il avant que la porte s'ouvrît enfin sur le décor d'un estaminet de campagne ? Il y avait une pompe à essence devant, une étable derrière.

— Toujours dans le virage ! soupirait l'homme qu'on venait de réveiller.

Il s'habillait, chaussait des bottes de caoutchouc.

— Il faudrait téléphoner au médecin...

— Cela pourrait se faire si j'avais le téléphone...

Il buvait un coup de calvados sur son propre zinc avant de sortir et allumait une lanterne d'écurie.

— Il y a des morts ?

— Je ne crois pas... Je suppose que je peux continuer ma route ?

— Ah ! non, par exemple !... Faut m'aider... Ou alors, je les laisse en plan, moi aussi...

Il fut question, entre les deux hommes qui s'avançaient sur la route, de l'enterrement de la tante, des automobilistes qui avaient la rage, depuis des années, de prendre ce virage-là de travers.

— Tenez !... Le type est resté à la même place...

Toujours avec le même air rêveur ou ahuri. Seulement son visage était couvert de sang, il était maintenant tout rouge, ce dont l'homme ne paraissait pas se douter.

— Vous êtes capable de marcher ?

Il se leva en soupirant et on dut le soutenir, car il vacillait.

— C'est... c'est... commençait-il d'une voix étrange.

— Ça va !... Accrochez-vous à mon épaule...

Un homme plutôt petit, râblé, bien habillé, entre deux âges.

— Dites donc, vous autres...

Une voix partait de la voiture renversée dont on s'éloignait : une voix de femme.

— Vous allez me laisser en plan, peut-être ? Et ce zigoto-là qui ne dit rien, qui s'en va en me laissant en carafe...

Une longue jambe passait par la portière. Il y avait du sang sur le bas de soie, du sang sur la robe.

— Ne tirez pas si fort... Pas comme ça... Vous ne voyez pas que vous me faites mal ?...

Quand on l'eut extraite de l'auto, elle essaya de se tenir debout, retomba sur le côté en grommelant :

— Merde ! Je dois avoir quelque chose de cassé...

A cause des enfants, la femme qui tenait la petite ferme-estaminet avait fait entrer chez elle le reste de la famille Bidus. Elle avait les cheveux filasse, les yeux clairs, les seins énormes et mous. Elle disait d'une voix morne :

— C'est comme ça toutes les semaines...

Les deux hommes entrèrent en portant la jeune femme qui avait toute sa connaissance et qui n'arrêtait pas de les apostropher. L'autre suivait, la peau du crâne sur une oreille, le visage rouge de sang, avec toujours l'air de ne se douter de rien, comme un somnambule.

— Ne regardez pas, mes enfants...

On parla à nouveau de l'enterrement, qui obligeait les Bidus à repartir, du docteur qui habitait à six kilomètres, pas tout à fait sur la grand-route — il fallait faire un crochet d'un kilomètre sur une route secondaire à droite — et qui ne se dérangeait plus volontiers, parce qu'il lui était arrivé de ne trouver personne à son arrivée, les blessés étant repartis par leurs propres moyens. De sorte qu'il en était pour son dérangement.

— Je vous promets d'aller lui parler... Au besoin, je reviendrai avec lui...

La jeune femme — car elle était jeune — avait des écorchures un peu partout, peut-être des os cassés ou, comme on dit, des contusions internes. Quand on voulut lui verser un verre de calvados pour la remonter, elle riposta :

— Ah ! non, merci... J'en ai assez bu avec lui...

Les gens de la seconde auto s'en allèrent. Ils se

trompèrent d'abord de chemin, finirent par découvrir le médecin. Après quoi ils continuèrent leur route avec, derrière eux, les deux enfants surexcités par l'événement et Mme Bidus qui répétait à tout bout de champ :

— Tu vas trop vite, Victor...

Dans l'estaminet, on dut faire chauffer de l'eau, sur les ordres du docteur. La femme s'évanouit quand on lui fit des points de suture. Quant à l'homme, on lui pansa la tête, on le coucha et il s'endormit, ou bien il entra dans le coma, on ne savait pas au juste.

On les avait mis tous les deux dans le même lit, le lit du patron et de la patronne, encore tiède de leur chaleur.

— Elbeuf ne m'enverra pas une ambulance avant demain matin... Gardez-les jusqu'alors... J'ai fait tout ce que je pouvais faire... En rentrant chez moi, je téléphonerai à la gendarmerie...

Des lampes électriques trop faibles éclairaient mal la maison qu'imprégnait une odeur composite d'estaminet et d'étable.

— Vous croyez qu'il a une fracture du crâne ?

— Nous saurons ça demain matin... Ils n'ont qu'à dormir en attendant...

La petite auto du docteur repartit dans les hachures de pluie. La patronne alla dormir dans le lit de sa fille aînée, tandis que le patron s'assoupissait dans un fauteuil. A deux heures du matin, on frappa aux contrevents. C'étaient deux gendarmes à vélo à qui il fallut servir, pour commencer, des verres de calvados, car, dans leur visage ruisselant de pluie, leurs lèvres étaient bleues et ils traçaient en marchant des sillons mouillés dans la maison.

— Il vous a dit qui il était ?

— Il n'a pas prononcé une parole...

L'homme dormait, la tête entourée d'un pansement qui lui faisait comme un turban oriental.

— Il pue l'alcool... dit un des gendarmes qui venait de vider deux grands verres.

— C'est possible. On lui en a fait boire quand il est arrivé...

On fouilla ses poches. On trouva un portefeuille, une carte d'identité au nom de M. Joseph Berquin, géomètre-arpenteur, à Caen, Calvados.

Les gendarmes, par acquit de conscience, allèrent contempler l'auto retournée, notèrent son numéro dans un calepin dont la pluie amollissait les pages, et s'en allèrent.

Le patron de l'estaminet, fatigué, était allé s'étendre près de sa femme dans le lit où ils étaient maintenant trois, avec la fille aînée que tout ce remue-ménage n'avait pas troublée.

Dans la grande chambre, on n'avait laissé qu'une veilleuse à pétrole, celle qui servait quand il y avait un malade.

Tout le monde dormait à poings fermés. Le docteur s'était recouché après avoir téléphoné à Elbeuf et à la gendarmerie. Un des gendarmes, qui se faisait de petits suppléments en donnant les informations au journal local, avait téléphoné ce qu'il savait au *Nouvelliste*.

A quelle heure l'homme sortit-il de sa prostration ? Vers quatre ou cinq heures du matin, sans doute. Combien de temps resta-t-il assis dans ce lit inconnu, où il y avait une femme endormie, à contempler un décor qui lui parut peut-être hallucinant ? Pensa-t-il à une autre chambre où il aurait dû se trouver, à un autre lit, une autre femme dont c'était la place consacrée à ses côtés sous les couvertures ?

Toujours est-il qu'il ne fit aucun bruit. La veilleuse n'éclairait pas assez pour qu'il puisse se voir dans le miroir déformant suspendu au-dessus de la commode. S'il tâta sa tête, il dut la trouver monstrueusement grossie par toutes les épaisseurs du pansement qui l'aurait empêché de mettre n'importe quel chapeau.

En tout cas, il parvint à se rhabiller tout seul, à descendre sans bruit l'escalier dont deux marches au moins craquaient et à tirer la chaîne de la porte.

Avait-il, avant de partir, contemplé une dernière fois, dans la chambre aux lueurs de pétrole, cette jeune femme blonde qui avait deux bandes de taffetas gommé sur ses joues et une autre sur la tempe et qui, dans son sommeil, montrait candidement un sein ?

Ce fut le patron de l'estaminet qui découvrit la chose quand il se leva, un peu après cinq heures, pour aller tirer ses vaches.

— Il a filé... vint-il annoncer à sa femme et à sa fille qui s'habillaient.

On éveilla la blonde.

— Dites donc... Il y a votre mari qui...

— Mon mari ?

— Enfin le monsieur avec qui...

— Mon Dieu ! que j'ai mal à la tête... Laissez-moi dormir... Fichez-moi la paix avec ce type-là...

Il valait mieux faire sortir la fille aînée, car il y a des choses qu'une demoiselle ne doit pas entendre, même s'il lui arrive de mener les vaches au taureau.

— Vous ne le connaissiez pas ?

— Seulement depuis hier soir à dix heures du soir... Si j'avais su !... Quand je pense que j'avais un bon train à onze heures trente-trois...

Et on les avait fourrés dans le même lit, dans le lit conjugal !

— C'était à Mantes... J'avais encore une heure avant mon train pour Caen, où je suis engagée comme danseuse à la *Boule Rouge*... Je mangeais un morceau dans un petit restaurant près de la gare quand ce type-là...

Un petit restaurant aux murs peints en un mauve agressif, avec un comptoir de zinc et un patron en bras de chemise.

— Il était tout excité... Il venait d'aller à Paris prendre livraison d'une nouvelle voiture. Je crois qu'il avait déjà bu quelques petits verres... Il a aperçu ma valise près de moi... Il m'a demandé où j'allais et, quand je lui ai dit Caen... Je voudrais tant qu'on me laisse dormir...

Elle raconterait le reste plus tard, si on le lui demandait. Les femmes qui dansent dans des

180

endroits comme la *Boule Rouge* s'y connaissent mieux en hommes que n'importe qui.

Il était très excité. Il était heureux, en pleine euphorie. A cause de sa nouvelle voiture. Et aussi, sans doute, parce que, pour une fois, il était tout seul.

S'il n'avait pas été tout seul, il ne serait pas venu manger un morceau dans le petit bouchon aux murs mauves, mais il se serait rendu au buffet de la gare ou dans un restaurant de tout repos.

Et s'il n'avait pas bu quelques petits verres...

Qu'est-ce qu'il avait raconté en route ?... Des tas de choses... C'était, à l'entendre, un type épatant... Et rigolo... Et, même en pilotant l'auto, il se conduisait comme un collégien, à tel point qu'il fallait sans cesse remettre sa main droite sur le volant...

— Il en a quand même pris un fameux coup !... disait le patron de l'estaminet en tirant sa vache dans l'étable où sa femme et sa fille tiraient chacune la leur. Je me demande où il peut bien être allé...

On l'apprit un peu plus tard. L'homme avait marché, tout seul, avec son gros pansement sur la tête, le long de la route. Des ouvriers du four à chaux l'avaient rencontré, puis un employé des chemins de fer qui passait à vélo. Il allait droit devant lui dans le jour pluvieux qui se levait, sans regarder personne.

Il y avait un village à sept kilomètres, un petit café en face de la gare, qui ouvrait de bonne heure.

Le train d'Elbeuf venait d'arriver. On avait posé une pile de journaux frais sur une chaise.

L'homme était là. Il buvait un café arrosé. Tous les matineux qui venaient avaler leur jus le regardaient, à cause de sa tête entourée de pansements, et lui, lugubre, ne paraissait pas s'en apercevoir.

— Je peux prendre un journal ? avait-il demandé timidement, la main sur le tas encore frais du *Nouvelliste d'Elbeuf.*

La blonde dormait, à ce moment-là. Le docteur ouvrait son cabinet de consultations. Une ambulance s'arrêtait près du lieu de l'accident.

— Il a lu le journal, puis il est sorti après avoir payé... Il a pris à gauche...

Il fut aisé de retrouver sa piste, à cause de sa grosse tête blanche. Il marchait dans le village. Il tournait ici, puis là. Il n'adressait la parole à personne. Le journal dépassait de sa poche.

Et, dans le journal, il y avait un entrefilet, fruit des cogitations du gendarme :

« Cette nuit, une auto venant de Paris a fait une embardée à mi-hauteur de la côte de Méchin. La voiture s'est retournée complètement, blessant plus ou moins grièvement deux honorables citoyens de Caen, M. Joseph Berquin, géomètre-arpenteur, et sa femme, Mme Berquin, qui ont été recueillis par... »

Après l'ambulance, c'était un taxi qui arrivait, de Caen cette fois, avec une dame qui posait question

sur question sur un ton à la fois agressif et soupçonneux.

— Vous êtes sûr qu'il est parti de ce côté ?...

Sûr ou pas sûr, il fallait bien se débarrasser d'elle.
Les gens qui vivent un drame ont tendance à oublier
que les autres ont leurs tâches quotidiennes à remplir et que les vaches continuent à donner du lait
en dépit des gens qui viennent se casser la gueule
dans le virage et qui profitent de ce que tout le
monde est endormi pour f... le camp.

— Il est parti par là, oui, madame...

— Il avait bu, n'est-ce pas ?

— Je n'en sais rien, madame.

— Vous n'avez pas remarqué s'il sentait
l'alcool ?

Elle alla droit devant elle, celle-là. Elle ne per-
dit pas la piste un instant. Elle la suivit, avec son
taxi, arrêtant de temps en temps le chauffeur.

— Dites-moi, bonnes gens, est-ce que vous
n'auriez pas vu un homme qui...

Et on retrouvait la trace du pansement tout le
long du chemin.

— Un type qui était en foire... disait la blonde
au même instant. Et qui ne devait pas en avoir
l'habitude. Je parie que c'était la première fois qu'il
emmenait une autre femme que la sienne dans son
auto...

On cherchait toujours l'homme à la tête de
momie qui n'avait pas encore, depuis son accident,
prononcé deux paroles, sinon pour commander un
café arrosé et pour acheter le journal.

La gendarmerie s'était mise en chasse, mais le taxi de Mme Berquin gardait son avance et gagna la partie : il arriva juste à temps, près d'un moulin, à cinq cents mètres du village, pour voir une forme sombre qu'on retirait de la rivière.

— C'est bien lui... déclara la femme.

Et, comme le noyé avait un tressaillement des paupières, elle poursuivit d'une autre voix :

— Joseph !... Joseph !... Tu m'entends ?... Tu n'as pas honte ?...

Il fit encore le mort, comme ça, jusqu'à l'hôpital, où le transporta l'ambulance qui pouvait enfin servir.

— Tout à l'heure, madame... De grâce, laissez-le tranquille... suppliaient les médecins.

On pouvait encore croire qu'il avait une fracture du crâne. Il pouvait encore espérer qu'il avait une fracture du crâne, et il les regardait faire, le regard presque implorant.

Mais il n'avait rien que, selon les termes du rapport, une plaie contuse au cuir chevelu.

Si bien qu'on le rendit à sa femme.

Qui avait déjà téléphoné à son avoué de Caen et à son assureur au sujet des dommages-intérêts réclamés par la blonde.

Et quand, plus tard, des gens, faisant allusion à la noyade, parlaient du choc consécutif à l'accident d'auto, Mme Berquin avait une façon catégorique de répliquer :

— Tss !... Tss !... Dites donc tout simplement qu'il a eu honte !...

N'était-ce pas, plus simplement encore, que l'homme au pansement avait peur ? En tout cas, il fut assez prudent pour ne jamais l'avouer et il se contentait de balancer sa grosse tête, qui resta déformée.

En somme, il avait eu sa nuit quand même !

Et il y a tant d'hommes qui ne l'ont jamais...

Saint Andrews (Canada), le 28 août 1946.

L'ESCALE DE BUENAVENTURA

Quand le Français poussa la porte-moustiquaire au treillage métallique rouillé, il n'était pas neuf heures du matin et pourtant sa veste de toile jaunâtre avait déjà sous les bras deux larges demi-lunes de sueur. Il traînait un peu la jambe gauche, comme toujours. Comme toujours, aussi, il paraissait en colère et c'est d'un geste quasi menaçant qu'il repoussa sur sa nuque son chapeau de paille qui avait la forme d'un casque colonial, avec de petits trous d'aération.

Il n'y avait personne dans le hall de l'hôtel. Il n'y avait jamais personne : un comptoir de bois peint en noir, avec, derrière, des casiers vides au-dessus desquels pendaient des clefs, et, à gauche, un tourniquet rempli de cartes postales ternies par l'humidité.

Le Français n'appela pas. Il avait l'habitude de la maison. Il contourna une colonne de fer, pénétra dans la grande salle qui, avec ses larges baies vitrées, avait l'air d'un aquarium.

L'autre était déjà planté devant la machine à sous, dans laquelle il introduisait les jetons un par un, l'œil fixé sur la petite ouverture qui, selon les coups, laissait apparaître des cerises, des prunes ou des citrons.

— Salut !... grogna le Français, plutôt comme une injure que comme une politesse.

Une voix grinçait quelque part, avec beaucoup de friture autour, dans un appareil de radio. Et Joe, le nègre, frottait avec un torchon sale les verres du bar.

Le bateau était encore loin, dans l'estuaire. On le voyait sans le voir. Est-ce qu'on voyait jamais quelque chose avec netteté dans ce maudit pays où le brouillard collait tellement aux vitres qu'elles en perdaient leur transparence ?

— Whisky, Joe...

Et il ajouta, comme une menace, parce qu'il ne pouvait rien dire autrement :

— Cette fois-ci, je veux être pendu par les pieds si je ne n'embarque pas...

Il y avait vingt ans qu'il annonçait la même chose dans des termes à peu près identiques, chaque fois qu'un bateau français faisait escale à Buenaventura, c'est-à-dire une fois par mois, vingt ans qu'il s'en venait dès le matin, ces jours-là, de la ville en bois qui était derrière, assez loin, et qu'on n'apercevait pas de l'hôtel. Certaines fois, il avait apporté avec lui sa valise.

— Quand j'en ai assez, j'en ai assez...

Joe mesura le whisky dans un gobelet de métal blanc et poussa le verre sur le comptoir. L'autre, pendant ce temps-là, gardait le regard fixé sur les cerises, les prunes et les citrons qui s'immobilisaient dans le voyant de la machine à sous.

Il n'avait encore rien dit. A quoi bon ? La radio grésillait comme une côtelette sur un feu de charbon. L'espace était trop vaste autour des trois hommes, le Nègre et les deux Blancs qui continuaient, chacun pour soi, leur vie machinale.

Et le bateau, un cargo mixte, comme d'habitude, avec la petite pétrolette des pilotes en avant, se frayait tout doucement un chemin dans la brume chaude et dans une eau qui ressemblait à de la vase.

— Beaucoup de balles, Joe ?

Des balles de café. Pas de fusil ou de mitrailleuse. Parce que, à Buenaventura, les bateaux qui viennent du Chili, du Pérou et de l'Equateur ne font escale que pour charger du café colombien. On compte sur les doigts les passagers qui descendent pour de bon ou qui embarquent. Ce qui importe, ce sont les balles de café. Tant de balles signifient tant d'heures d'escale. Deux heures. Dix heures. Cela dépend.

Après quoi il n'y a plus rien que les murs vides de l'hôtel, blanchis à la chaux, d'immenses murs crus, des escaliers, des colonnes de fer, des portes ouvertes sur des chambres où les lits n'attendent personne.

— La même chose, Joe, si infect soit-il !

Toujours deux pour commencer, afin de se mettre en train. Et Joe expliquait :

— Ils en ont pour deux heures au plus à charger... On les verra à peine...

— Je partirai avec eux... Je parie que je connais le capitaine...

Le Français connaissait tous les capitaines. Comment ne les aurait-il pas connus ?

— A ta santé, Pedro... Si tu fais tomber la cagnotte, c'est toi qui paies...

Et l'autre jouait toujours. Et autour d'eux il y avait des tables, avec des nappes, des verres et tout, pour servir à manger à cent personnes au moins, à cent personnes qui ne viendraient jamais. Et des lits, dans les chambres, pour presque autant de voyageurs hypothétiques.

Qu'est-ce qu'on aurait fait s'il en était débarqué de quoi remplir la maison ? Les draps devaient sentir le moisi. Il n'y avait pas de provisions dans la cuisine. Il n'y avait même plus de cuisinier.

Cela n'avait pas l'air d'un véritable hôtel, pas plus que le port n'avait l'air d'un vrai port. Il y avait bien un wharf, avec des pilotis et des blocs de béton. Il y avait un entrepôt, sorte de baraque en planches couverte de tôle ondulée. Il y avait même des rails, l'amorce d'une gare qui n'avait jamais été achevée et, autour de tout ça, le désordre d'un terrain vague au sommet duquel se dressait l'hôtel.

La ville était plus loin, derrière, à plusieurs kilomètres. On ne la voyait pas. On ne la soupçonnait pas. Et cette brume chaude, collante, tout autour, si épaisse qu'on ne pouvait pas savoir si c'était ou non de la pluie.

— Tu gagnes, Pedro ? raillait le Français.

Et Pedro lui lançait un noir regard avant de continuer sa lutte solitaire contre la machine à sous.

Il y avait un rocking-chair en osier dans lequel le Français se mit à se balancer. Le rocking-chair grinçait. Les ventilateurs suspendus au plafond grinçaient. La radio grinçait.

Et ce sacré bateau allait accoster, avec des gens qui n'auraient rien à faire pendant deux heures ou pendant dix — cela dépendrait du nombre de balles — et qui envahiraient la maison.

Deux cerises... Trois prunes... Tantôt la main gauche de Pedro était pleine de jetons dorés et tantôt elle se vidait.

— On annonce de New York que José Amarillo, ex-dictateur du Paraguay, est arrivé hier dans cette ville, où il a accordé une entrevue à la presse. L'ancien président compte acheter un ranch dans le Texas et se consacrer à l'élevage...

C'était la radio qui disait ça, et le Français grinçait :

— T'entends, Pedro ?

Pedro jouait toujours, l'œil las et farouche tout ensemble ; quand il n'eut plus de jetons, il s'approcha du bar et s'adressa au Nègre :

— Donne-m'en cinquante... Et une menthe verte...

L'un buvait des whiskies, l'autre des menthes vertes. Tous les deux étaient gras de cette graisse jaune et molle que donnent le séjour sous les tropiques et le mauvais fonctionnement du foie. Tous les deux étaient vêtus de cette toile jaunâtre qui est l'uniforme des pays du Sud.

Le joueur avait le poil noir, les joues bleues de barbe mal rasée, une cravate rouge sang sur sa chemise blanche.

Ce bateau, qui arrivait à sa date, à son heure, c'était la menace habituelle, la rupture incongrue d'un calme qui, ensuite, mettait des heures ou des jours à reprendre son épaisseur.

— Il y aura peut-être de jolies filles... ricanait le Français.

Certains l'appelaient le Professeur. D'autres le Docteur. Quelques-uns encore le Bagnard, car le bruit avait couru jadis qu'il s'était évadé de Cayenne avant de trouver refuge en Colombie.

— T'as entendu, Pedro ?... José Amarillo s'achète un ranch au Texas et reçoit la presse américaine... La même chose, Joe !... Amarillo qui se retire des affaires, hein !... Après fortune faite... Et moi qui, ce soir, vais quitter définitivement ce sale pays pour aller planter mes choux en Touraine.

Le bateau était presque à quai. Il commençait les manœuvres d'accostage et, à travers les vitres glauques, on distinguait maintenant les silhouettes des passagers penchés sur le bastingage.

— Et je reverrai Paname, dis donc !... Et je rencontrerai peut-être Iturbi, qui possède un hôtel particulier avenue du Bois...

Encore un dictateur. Un dictateur qui s'était enfui de justesse au moment d'être pendu, mais qui s'était

192

ménagé de confortables positions de retraite et qui, à présent, faisait courir à Longchamp.

— Toi qui ne réussis même pas à faire tomber la cagnotte !

Deux cerises... Deux prunes... Trois citrons...

Le bateau était à quai. On voyait un petit groupe s'acheminer vers l'hôtel, deux femmes en robe claire, quelques hommes.

— Ma parole, ils ont sorti les parapluies...

Parce qu'il pleuvait. Ou, s'il ne pleuvait pas vraiment, le brouillard mouillait autant que la pluie. Les femmes, perchées sur leurs hauts talons, cherchaient où poser les pieds dans le chaos de gravats qui conduisait à l'hôtel. Des indigènes commençaient à charger les balles de café qu'ils portaient sur leur nuque, s'élançant, comme des danseurs de corde, sur l'étroite planche qui reliait le navire à la terre.

— Je te jure, Pedro, que, cette fois-ci, pour peu que le capitaine ait une gueule sympathique, je disparais de ton univers...

Un univers qui sentait effroyablement le vide, vide de l'hôtel, de la salle à manger trop vaste, avec toutes ses tables et ses chaises, vide des chambres, des lits, des armoires qui ne servaient à rien, vide du port où il n'y avait que ce petit bateau noir qu'on allait, pendant deux heures à peine, charger, à dos d'hommes, de balles de café, vide de la gare inachevée, des voies qui ne conduisaient nulle part.

— Des jetons, Joe...

Le joueur était aussi gras, mais pas de la même graisse que le Français. D'une graisse comme plus fluide, plus huileuse, aristocratique. La vraie graisse du Sud, aux reflets à la fois jaunes et bleutés.

— La même chose, Joe, avant que ces messieurs-dames arrivent...

Car il allait leur jouer sa petite comédie, toujours la même, celle qu'il jouait invariablement au passage de chaque bateau.

— « Français, messieurs-dames, pour vous servir... Depuis vingt ans, dans ce pays qui ressemble à une éponge en décomposition et qui... »

Combien cela ferait-il de whiskies ? Ce n'étaient d'ailleurs pas tant les whiskies qui comptaient. Ce n'était pas l'intérêt qui poussait Labro — le seul nom sous lequel on le connût — mais plutôt le besoin de se frotter à des gens de chez lui, de bavarder, de parader, de les éblouir ou de les écœurer.

— « Je me demande, en vérité, si je ne vais pas partir avec vous. Avouez que ce serait drôle ! Sans bagages. Est-ce que j'ai besoin de bagages, moi ? »

Il leur disait pis que pendre des maisons en bois où l'on se bat avec les rats, les cancrelats gros comme ça, les scorpions et les serpents.

Sa purge mensuelle, en somme.

— « Demandez aux gens d'ici ce qu'ils pensent de Labro, pour autant que vous en trouviez qui soient capables de penser... »

Il buvait. Un fait indéniable, c'est qu'il buvait. Et que, sans rien faire de précis, il parvenait à être ivre chaque soir.

— Les voilà, Pedro !...

L'autre jouait toujours, obstiné, l'œil méchant, et

de temps en temps il allait chercher de nouveaux jetons au bar, où il s'envoyait d'un trait une menthe verte dans le gosier.

— L'aînée est un peu fanée, mais la fille pourrait encore servir...

Chose curieuse, il y avait fatalement une jolie fille et une dame mûre par bateau. Toujours aussi un type plus ou moins ridicule.

— Ils vont réclamer des cartes postales, tu verras !

Ils en réclamèrent. Ils étaient une dizaine à se dégourdir les jambes à l'escale, et, rituellement, sur les dix, il y en eut un qui voulait goûter la cuisine du pays.

Cela regardait le Chinois qui faisait fonction de maître d'hôtel et de cuisinier tout ensemble et qui ne disposait que de boîtes de conserve.

Pedro, rageur, jouait toujours. Les officiers du bord ne viendraient que les derniers, à leur habitude, pour chercher leurs passagers, comme on va chercher les moutons au pré.

— Si le capitaine a une bonne gueule, répétait Labro, je file avec eux, et, cette fois, c'est pour de bon...

On entendait, dans le hall où le Nègre s'était précipité :

— Pardon, monsieur, pourriez-vous me dire...

— Est-ce qu'il est possible de se procurer...

La radio grinçait toujours. Le brouillard de pluie était devenu plus lumineux, ce qui signifie, dans le pays, plus jaune, mais plus transparent. Et plus chaud. A faire suer les murs.

Trois cerises... Deux prunes... Trois citrons...

— « Mais oui, madame, je suis français... Et nous allons plus que probablement faire la traversée ensemble... C'est votre mari ?... Enchanté... Vous avez une bonne tête... Deux whiskies, Joe, et quelque chose de plus doux pour Madame... »

L'autre, Pedro, jouait de plus belle et, à un moment, comme la machine avait avalé sa provision de jetons il se dirigea vers le bar.

Jetons et menthe verte...

Pendant ce temps-là, un petit monsieur tout rond, un passager, s'était approché de l'appareil et avait glissé un sou dans la fente.

— Pardon... grommela Pedro en reprenant sa place.

— Mais...

— Je jouais avant vous...

Le petit monsieur, interloqué, avala sa salive, recula, resta là à attendre son tour, sans même soupçonner que sa présence à elle seule était exaspérante.

Cerises... citrons... prunes... Deux prunes, un citron... Deux citrons, trois prunes...

— « Vous comprenez, mesdames, que pour un type comme moi... »

Le Français parlait. L'autre jouait. Aux autres, aux inconnus, aux gêneurs, aux passants qui venaient de débarquer et qui rembarqueraient tout à l'heure, on servait plus ou moins poliment ce qu'ils demandaient, quand il y en avait dans la maison.

Il y avait quelque chose de dur, d'excédé dans le regard de Pedro et, chaque fois qu'il tournait la manette de l'appareil à sous, ses prunelles devenaient immobiles, comme si son sort eût dépendu des petites images coloriées qui allaient apparaître.

Il dut aller chercher de nouveaux jetons au bar. Et boire, par la même occasion, une menthe verte. Si vite, si anxieusement qu'il fît, quand il revint vers sa machine, le petit monsieur avait eu le temps de glisser un jeton dans la fente.

— Non, monsieur, prononça-t-il.

— Pardon ?

— Je dis non... C'est ma partie...

— Je vous ferai remarquer...

— Rien du tout...

Il y avait tant de passion dans son regard, tant de décision quasi dramatique dans son attitude, que la dame mûre intervint, de sa place, à la table du Français.

— Grégoire... Puisque ce monsieur était là avant toi.

Et Grégoire recula. Seulement, il était mordu à son tour par le jeu des cerises, des prunes et des citrons. Il attendait son heure, avec la mine anxieuse d'un enfant exclu de la récréation. Il suivait les coups, comptait mentalement les jetons qui restaient dans la main du joueur.

Sans bruit, sans se faire remarquer, il se dirigea vers le bar.

— Donnez-m'en une vingtaine, dit-il à mi-voix à Joe.

Pedro avait fait tomber quatre pièces, mais il les reperdait.

Une cerise, une prune, un citron... Sa main était vide. Etait-il conscient du danger ?... Avait-il suivi le manège clandestin de son adversaire ?... Il faillit se faire apporter des jetons par Joe, afin de ne pas bouger de place, mais il avait soif aussi...

Il s'éloigna très vite. Il ne tourna le dos qu'un instant. Le petit monsieur était vif aussi, et surtout il avait une telle envie de jouer sa chance !

Le temps de porter la menthe verte à ses lèvres et Pedro tressaillait, pâlissait, devenait d'un jaune plus terne, refusant d'en croire ses oreilles. Derrière lui, un bruit s'était fait entendre, un bruit que Pedro attendait depuis des semaines, depuis des mois, la dégringolade triomphante des jetons, de tous les jetons amassés dans le ventre de la machine et qui, débordant de la sébile, jaillissaient jusqu'au milieu de la salle.

— Regarde, Pauline...

Pedro avait posé son verre. Pedro s'était retourné. Sa main, soudain dure comme de l'acier, s'était posée sur l'épaule du petit homme qui se penchait, sa voix faisait, tranchante :

— Non, monsieur...

— Pardon ?

— Je dis non...

— Vous n'allez pas prétendre que je n'ai pas le droit...

— Non, monsieur... Veuillez me rendre ma place...

— Mais...

— Je dis que vous allez me rendre...

— Grégoire, intervint Pauline, pourquoi insistes-tu ?

— Mais parce que j'ai gagné ! s'écria Grégoire qui en avait presque les larmes aux yeux.

— Qu'est-ce que ça peut te faire ? Puisque Monsieur...

— Il a joué et j'ai joué... Il a perdu et j'ai gagné...

Ce qui se passa alors fut si rapide que chacun, dans la salle, y compris les acteurs, en resta interdit. Une main se leva, celle de Pedro, s'abattit vivement sur un visage, celui du petit monsieur, et le bruit mat de la gifle résonna dans le vide de l'immense pièce aux baies vitrées.

Tout de suite après, d'ailleurs, Pedro redevint un gentleman, prononça d'une voix âpre et concentrée :

— Je vous fais mes excuses...

Un coup d'œil à la machine. Son pied repoussa quelques jetons sur les carreaux du sol.

— Je n'aurais pas dû vous gifler... Mais vous n'auriez pas dû, vous...

Il parlait maintenant comme pour lui-même, très vite, presque bas.

— Parce que cette machine est à moi, comprenez-vous... Et parce que...

Il n'acheva pas, sortit précipitamment et on l'entendit qui montait l'escalier vers le premier étage aux portes ouvertes sur un labyrinthe de chambres vides.

— Je parie, madame, disait Labro, sarcastique, que vous n'y comprenez rien.

— Il y a quelque chose à comprendre ?

— Ce type-là...

— C'est un type, en effet !

— ... n'est pas ce que vous croyez...

— C'est un goujat ou un fou...

— Alors, nous sommes tous plus ou moins fous, en tout cas ici... C'est l'ancien dictateur du...

— Qu'est-ce que vous dites ?

— Oui, madame... Et il y a quelques milliers de personnes...

— Comment ?

— ... parmi les parents de ceux qu'il a fait fusiller quand il était au pouvoir, il y a quelques milliers de personnes, dis-je, qui payeraient cher pour savoir où il se trouve...

— Je ne vois pas ce que...

— Cela n'a pas d'importance !... La même chose, Joe... Pendant ce temps-là, certains de ses collègues...

— Des collègues de quoi ?

— Je parle de ceux qui ont conquis le pouvoir pour un temps plus ou moins long dans les différentes républiques de l'Amérique du Sud... Certains de ceux-là, dis-je, et la radio en citait encore ce

matin, sont à New York ou à Paris, riches et tran-
quilles...

» Lui, ici, il est le patron, et c'est la seule chose
qui lui reste...

— Qu'est-ce que cela peut faire ?

— Il joue sa chance...

— Contre qui ?

— Contre la machine à sous...

— C'est idiot...

— La machine à sous est à lui...

— Ce n'est pas une raison...

— Ce n'en est pas moins un hôtel...

— L'hôtel aussi...

— Où vous venez le déranger...

— Comment ?

— Où vous venez nous déranger...

— Hein ?

— Et votre mari...

— Mon mari, monsieur, est un honnête homme,
et si je savais où trouver un agent de police... Viens
ici, Grégoire...

— Votre mari a fait tomber la cagnotte, comme
ça, d'un seul coup, avec un seul jeton...

— Et après ?

— Rien, madame, rien... Pedro a joué des par-
ties terribles... Il a gagné... Il a été très puissant,
couvert de décorations, les rois l'appelaient mon
cousin et il lui fallait pendre des gens, vivre jour
et nuit entouré de gardes... Il a gagné, puis il a
perdu... Puis il a joué contre la machine...

— Est-ce que mon mari a gagné, oui ou non ?

— Il a gagné, madame... Vous permettez ? Je ne crois pas que je prendrai ce bateau-ci...

Et, traînant la jambe gauche, Labro, après avoir bu un dernier whisky au comptoir, s'engagea dans l'escalier pour aller voir ce qui se passait là-haut.

Saint Andrews (Canada), le 31 août 1946.

L'HOMME DANS LA RUE

Les quatre hommes étaient serrés dans le taxi. Il gelait sur Paris. A sept heures et demie du matin, la ville était livide, le vent faisait courir au ras du sol de la poussière de glace.

Le plus maigre des quatre, sur un strapontin, avait une cigarette collée à la lèvre inférieure et des menottes aux poignets. Le plus important, vêtu d'un lourd pardessus, la mâchoire pesante, un melon sur la tête, fumait la pipe en regardant défiler les grilles du bois de Boulogne.

— Vous voulez que je vous offre une belle scène de rouscaille ? proposa gentiment l'homme aux menottes. Avec contorsions, bave à la bouche, injures et tout ?...

Et Maigret de grommeler, en lui prenant la cigarette des lèvres et en ouvrant la portière, car on était arrivé à la Porte de Bagatelle :

— Fais pas trop le mariole !

Les allées du Bois étaient désertes, blanches comme de la pierre de taille, et aussi dures. Une dizaine de personnes battaient la semelle au coin d'une allée cavalière, et un photographe voulut opérer sur le groupe qui s'approchait. Mais P'tit Louis, comme on le lui avait recommandé, leva les bras devant son visage.

Maigret, l'air grognon, tournait la tête à la façon d'un ours, observant tout, les immeubles neufs du boulevard Richard-Wallace, aux volets encore clos, quelques ouvriers à vélo qui venaient de Puteaux, un tram éclairé, deux concierges qui s'approchaient, les mains violettes de froid.

— Ça y est ? questionna-t-il.

La veille, il avait laissé paraître dans les journaux l'information suivante :

LE CRIME DE BAGATELLE

La police, cette fois, n'aura pas été longue à éclaircir une affaire qui paraissait présenter d'insurmontables difficultés. On sait que lundi matin un garde du bois de Boulogne a découvert, dans une allée, à une centaine de mètres de la Porte de Bagatelle, un cadavre qui a pu être identifié sur-le-champ.

Il s'agit d'Ernest Borms, médecin viennois assez connu, installé à Neuilly depuis plusieurs années. Borms était en tenue de soirée. Il a dû être attaqué dans la nuit de dimanche à lundi alors qu'il regagnait son appartement du boulevard Richard-Wallace.

Une balle, tirée à bout portant avec un revolver de petit calibre, l'a atteint en plein cœur.

Borms, qui était encore jeune, beau garçon, très élégant, menait une existence assez mondaine.

Quarante-huit heures à peine après ce meurtre, la police judiciaire vient de procéder à une arrestation. Demain matin, entre sept et huit heures, il sera procédé sur les lieux à la reconstitution du crime.

Par la suite, quai des Orfèvres, on devait citer cette affaire comme la plus caractéristique, peut-être, de la manière de Maigret ; mais, quand on en parlait devant lui, il avait une étrange façon de détourner la tête en poussant un grognement.

Allons ! Tout était en place. Presque pas de badauds, comme prévu. Ce n'était pas pour rien qu'il avait choisi cette heure matinale. Encore, parmi les dix à quinze personnes qui battaient la semelle, pouvait-on reconnaître des inspecteurs qui prenaient leur air le plus innocent, et l'un d'eux, Torrence, qui adorait les déguisements, s'était vêtu en garçon laitier, ce qui fit hausser les épaules à son chef.

Pourvu que P'tit Louis n'exagère pas !... Un vieux client, arrêté la veille pour vol à la tire dans le métro...

— Tu vas nous donner un coup de main, demain matin, et on verra à ce que, cette fois, tu ne sois pas trop salé...

On l'avait extrait du Dépôt.

— Allons-y ! grogna Maigret. Quand tu as entendu des pas, tu étais caché dans ce coin-ci, n'est-ce pas ?

— Comme vous dites, monsieur le commissaire... J'avais la dent, vous comprenez... Raide comme un passe-lacet !... Alors, je me suis dit qu'un type qui rentrait chez lui en *smokinge* devait en avoir plein le portefeuille... « La bourse ou la vie ! » que je lui ai glissé dans le tuyau de l'oreille... Et je vous jure que c'est pas ma faute si le coup est parti... Je crois bien que c'est le froid qui m'a fait pousser le doigt sur la gâchette...

Onze heures du matin. Maigret arpentait son bureau, quai des Orfèvres, fumait des pipes, tripotait sans cesse le téléphone.

— Allô ! C'est vous, patron ?... Ici, Lucas... J'ai suivi le vieux qui avait l'air de s'intéresser à la reconstitution... Rien de ce côté... C'est un maniaque qui fait chaque matin sa petite promenade au Bois...

— Ça va ! Tu peux rentrer...

Onze heures et quart.

— Allô, le patron ?... Torrence !... J'ai filé le jeune homme que vous m'avez désigné du coin de l'œil... Il prend part à tous les concours de détectives... Il est vendeur dans un magasin des Champs-Elysées... Je rentre ?

A midi moins cinq, seulement, un coup de téléphone de Janvier.

— Je fais vite, patron... J'ai peur que l'oiseau ne s'envole... Je le surveille par la petite glace encastrée dans la porte de la cabine... Je suis au bar du *Nain Jaune,* boulevard Rochechouart... Oui... Il m'a repéré... Il n'a pas la conscience tranquille...

En traversant la Seine, il a jeté quelque chose dans le fleuve... Il a essayé dix fois de me semer... Je vous attends ?

Ainsi commença une chasse qui devait durer cinq jours et cinq nuits, parmi les passants qui marchaient vite, à travers un Paris qui ne se rendait compte de rien, de bar en bar, de bistro en bistro, un homme seul d'une part, d'autre part Maigret et ses inspecteurs qui se relayaient et qui, en fin de compte, étaient aussi harassés que celui qu'ils traquaient.

Maigret descendit de taxi en face du *Nain Jaune,* à l'heure de l'apéritif, et trouva Janvier accoudé au bar. Il ne se donna pas la peine de prendre un air innocent. Au contraire !

— Lequel est-ce ?

Du menton, l'inspecteur lui désigna un homme assis dans un coin devant un guéridon. L'homme les regardait de ses prunelles claires, d'un bleu gris, qui donnait à sa physionomie un caractère étranger. Un Nordique ? Un Slave ? Plutôt un Slave. Il portait un pardessus gris, un complet bien coupé, un feutre souple.

Trente-cinq ans environ, autant qu'on en pouvait juger. Il était pâle, rasé de près.

— Qu'est-ce que vous prenez, patron ? Un picon chaud ?

— Va pour un picon chaud... Qu'est-ce qu'il boit, lui ?

— Une fine... C'est la cinquième depuis le matin... Il ne faut pas faire attention si j'ai un cheveu sur la langue, mais j'ai dû le suivre dans tous les bistros... Il est fort, vous savez... Regardez-le... C'est comme ça depuis le matin... Il ne baisserait pas les yeux pour un empire...

C'était vrai. Et c'était étrange. On ne pouvait pas appeler ça de la morgue, ni du défi. L'homme les regardait, simplement. S'il était en proie à l'inquiétude, cela se passait à l'intérieur. Son visage exprimait plutôt de la tristesse, mais une tristesse calme, réfléchie.

— A Bagatelle, quand il a remarqué que vous l'observiez, il s'est tout de suite éloigné et je lui ai emboîté le pas. Il n'avait pas parcouru cent mètres qu'il se retournait. Alors, au lieu de sortir du Bois comme il semblait en avoir l'intention, il s'est élancé à grandes enjambées dans la première allée venue. Il s'est retourné à nouveau. Il m'a reconnu. Il s'est assis sur un banc, malgré le froid, et je me suis arrêté... A plusieurs reprises, j'ai eu l'impression qu'il voulait m'adresser la parole, mais il a fini par s'éloigner en haussant les épaules...

» A la porte Dauphine, j'ai failli le perdre, car il sauta dans un taxi, et c'est par hasard que j'en trouvai un presque immédiatement. Il est descendu place de l'Opéra, s'est précipité dans le métro... L'un derrière l'autre, nous avons changé cinq fois de ligne, et il a commencé à comprendre qu'il ne m'aurait pas de cette façon...

» Nous sommes remontés à la surface. Nous étions place Clichy. Depuis lors nous allons de bar en bar... J'attendais un endroit favorable, avec une cabine téléphonique d'où je puisse le surveiller. Quand il m'a vu téléphoner, il a eu un petit ricanement amer... Ma parole, on aurait juré, ensuite, qu'il vous attendait...

— Téléphone à la « maison »... Que Lucas et Torrence se tiennent prêts à me rejoindre au premier appel... Et aussi un photographe de l'Identité judiciaire, avec un très petit appareil...

— Garçon ! appela l'inconnu. Qu'est-ce que je vous dois ?

— Trois cinquante...

— Je parie que c'est un Polonais... souffla Maigret à Janvier. En route...

Ils n'allèrent pas loin. Place Blanche, ils entrèrent derrière l'homme dans un petit restaurant, s'assirent à la table voisine de la sienne. C'était un restaurant italien, et ils mangèrent des pâtes.

A trois heures, Lucas vint relayer Janvier alors que celui-ci se trouvait avec Maigret dans une brasserie en face de la gare du Nord.

— Le photographe ? questionna Maigret.

— Il attend dehors pour le chiper à la sortie...

Et, en effet, quand le Polonais quitta l'établissement, après avoir lu les journaux, un inspecteur s'approcha vivement de lui. A moins d'un mètre, il déclencha un déclic. L'homme porta vivement la main à son visage, mais déjà il était trop tard, et alors prouvant qu'il comprenait, il jeta à Maigret un regard chargé de reproche.

— Toi, mon bonhomme, soliloquait le commissaire, tu as de bonnes raisons pour ne pas nous conduire à ton domicile. Mais, si tu as de la patience, j'en ai au moins autant que toi...

Le soir, quelques flocons de neige voltigèrent dans les rues tandis que l'inconnu marchait, les mains dans les poches, en attendant l'heure de se coucher.

— Je vous relaie pour la nuit, patron ? proposa Lucas.

— Non ! J'aime mieux que tu t'occupes de la photographie. Consulte les fiches, d'abord. Ensuite vois dans les milieux étrangers. Ce garçon-là connaît Paris. Il n'y est pas arrivé d'hier. Des gens doivent le connaître...

— Si on faisait paraître son portrait dans les journaux ?

Maigret regarda son subordonné avec mépris. Ainsi Lucas, qui travaillait avec lui depuis tant d'années, ne comprenait pas ? Est-ce que la police possédait un seul indice ? Rien ! Pas un témoignage ! Un homme tué la nuit au bois de Boulogne. On ne retrouve pas d'arme. Pas d'empreintes. Le docteur Borms vit seul, et son unique domestique ignore où il s'est rendu la veille.

— Fais ce que je te dis ! File...

A minuit, enfin, l'homme se décide à franchir le seuil d'un hôtel. Maigret le franchit derrière lui. C'est un hôtel de second et même de troisième ordre.

— Vous me donnerez une chambre...

— Voulez-vous remplir votre fiche ?

Il la remplit, en hésitant, les doigts gourds de froid.

Il regarde Maigret de haut en bas, comme pour dire :

— Si vous croyez que ça me gêne !... Je n'ai qu'à écrire n'importe quoi...

Et, en effet, il a écrit le premier nom venu, Nicolas Slaatkovitch, domicilié à Cracovie, arrivé la veille à Paris.

C'est faux, évidemment. Maigret téléphone à la P.J. On fouille les dossiers des garnis, les registres d'étrangers, on alerte les postes frontières. Pas de Nicolas Slaatkovitch.

— Une chambre pour vous aussi ? questionne le patron avec une moue, car il a flairé un policier.

— Merci. Je passerai la nuit dans l'escalier.

C'est plus sûr. Il s'assied sur une marche, devant la porte du 7. Deux fois, cette porte s'ouvre. L'homme fouille l'obscurité du regard, aperçoit la silhouette de Maigret, et finit par se coucher. Le matin, sa barbe a poussé, ses joues sont râpeuses. Il n'a pas pu changer de linge. Il n'a même pas de peigne, et ses cheveux sont en désordre.

Lucas vient d'arriver.

— Je prends la suite, patron ?

Maigret ne se résigne pas à quitter son inconnu. Il l'a regardé payer sa chambre. Il l'a vu pâlir. Et il devine.

Un peu plus tard, en effet, dans un bar où ils boivent pour ainsi dire côte à côte un café-crème et mangent des croissants, l'homme fait sans se cacher le compte de sa fortune. Un billet de cent francs, deux pièces de vingt, une de dix et de la menue monnaie. Ses lèvres s'étirent en une grimace d'amertume.

Allons ! Il n'ira pas loin avec ça. Quand il est arrivé au bois de Boulogne, il sortait de chez lui, car il était rasé de frais, sans un grain de poussière, sans un faux pli à ses vêtements. Sans doute comptait-il rentrer un peu plus tard ? Il n'a même pas regardé ce qu'il avait d'argent en poche.

Ce qu'il a jeté dans la Seine, Maigret le devine, ce sont des papiers d'identité, peut-être des cartes de visite.

Il veut éviter, coûte que coûte, qu'on découvre son domicile.

Et la balade de ceux qui n'ont pas de toit recommence, les stations devant les magasins, devant les camelots, les bars où il faut bien entrer de temps en temps, ne fût-ce que pour s'asseoir, surtout qu'il fait froid dehors, les journaux qu'on lit dans les brasseries.

Cent cinquante francs ! Plus de restaurant à midi. L'homme se contente d'œufs durs, qu'il mange debout devant un zinc, arrosés d'un bock, tandis que Maigret engloutit des sandwiches.

L'autre a hésité longtemps à pénétrer dans un cinéma. Sa main, dans la poche, joue avec la monnaie. Il vaut mieux durer... Il marche... Il marche...

Au fait ! Un détail frappe Maigret. C'est toujours dans les mêmes quartiers que se poursuit cette déambulation harassante ; de la Trinité à la place

Clichy... De la place Clichy à Barbès, en passant par la rue Caulaincourt... De Barbès à la gare du Nord et à la rue La Fayette...

Est-ce que l'homme ne craint pas, ailleurs, d'être reconnu ? Sûrement il a choisi les quartiers les plus éloignés de son domicile ou de son hôtel, ceux qu'il ne fréquentait pas d'habitude...

Comme beaucoup d'étrangers, hante-t-il le quartier Montparnasse ? Les environs du Panthéon ?

Ses vêtements indiquent une situation moyenne. Ils sont confortables, sobres, bien coupés. Profession libérale, sans doute. Tiens ! Il porte une alliance ! Donc marié !

Maigret a dû se résigner à céder la place à Torrence. Il a fait un bond chez lui. Mme Maigret est mécontente, parce que sa sœur est venue d'Orléans, qu'elle a préparé un dîner soigné et que son mari, après s'être rasé et changé, repart déjà en annonçant qu'il ignore quand il reviendra.

Il saute au quai des Orfèvres.

— Lucas n'a rien laissé pour moi ?

Si ! Il y a un mot du brigadier. Celui-ci a montré la photo dans de nombreux milieux polonais et russes. L'homme est inconnu. Rien non plus du côté des groupements politiques. En désespoir de cause, il a fait tirer la fameuse photographie en un grand nombre d'exemplaires. Dans tous les quartiers de Paris, des agents vont de porte en porte, de concierge en concierge, exhibant le document aux patrons de bars et aux garçons de café.

— Allô ! Le commissaire Maigret ? Ici, une

213

ouvreuse de « Ciné-Actualités », boulevard de Strasbourg... C'est un monsieur... M. Torrence... Il m'a dit de vous téléphoner pour vous annoncer qu'il est ici, mais qu'il n'ose pas quitter la salle...

Pas si bête, l'homme ! Il a calculé que c'était le meilleur endroit chauffé pour passer à bon marché un certain nombre d'heures... Deux francs l'entrée... Et on a droit de rester à plusieurs séances !...

Une curieuse intimité s'est établie entre suiveur et suivi, entre l'homme dont la barbe pousse, dont les vêtements se fripent et Maigret qui ne lâche pas la piste un instant. Il y a même un détail cocasse. Ils ont attrapé un rhume l'un comme l'autre. Ils ont le nez rouge. C'est presque en cadence qu'ils tirent leur mouchoir de leur poche et une fois l'homme, malgré lui, a vaguement souri en voyant Maigret aligner une série d'éternuements.

Un sale hôtel, boulevard de la Chapelle, après cinq séances consécutives de ciné-actualités. Même nom sur le registre. Et Maigret, à nouveau, s'installe sur une marche d'escalier. Mais, comme c'est un hôtel de passe, il est dérangé toutes les dix minutes par des couples qui le regardent curieusement, et les femmes ne sont pas rassurées.

Est-ce que l'homme, quand il sera au bout de son rouleau, ou à bout de nerfs, se décidera à rentrer chez lui ? Dans une brasserie, où il est resté assez longtemps et où il a retiré son pardessus gris, Maigret n'a pas hésité à saisir le vêtement et à regar-

214

der à l'intérieur du col. Le pardessus vient de l'*Old England*, boulevard des Italiens. C'est de la confection, et la maison a dû vendre des douzaines de pardessus semblables. Une indication, cependant. Il est de l'hiver précédent. Donc, l'inconnu est à Paris depuis un an au moins. Et pendant un an il a bien dû nicher quelque part...

Maigret s'est mis à boire des grogs, pour tuer le rhume. L'autre ne lâche plus son argent qu'au compte-gouttes. Il boit des cafés, pas même des cafés arrosés. Il se nourrit de croissants et d'œufs durs.

Les nouvelles de la « maison » sont toujours les mêmes : rien à signaler ! Personne ne reconnaît la photographie du Polonais. On ne parle d'aucune disparition.

Du côté du mort, rien non plus. Cabinet important. Il gagnait largement sa vie, ne s'occupait pas de politique, sortait beaucoup et, comme il soignait les maladies nerveuses, il recevait surtout des femmes.

C'était une expérience que Maigret n'avait pas encore eu l'occasion de poursuivre jusqu'au bout : en combien de temps un homme bien élevé, bien soigné, bien vêtu, perd-il son vernis extérieur lorsqu'il est lâché dans la rue ?

Quatre jours ! Il le savait, maintenant. La barbe d'abord. Le premier matin, l'homme avait l'air d'un avocat, ou d'un médecin, d'un architecte, d'un industriel, et on l'imaginait sortant d'un appartement douillet. Une barbe de quatre jours le transformait au point que, si on avait publié son portrait dans les journaux en évoquant l'affaire du bois de Boulogne, les gens auraient déclaré :

— On voit bien qu'il a une tête d'assassin !

Le froid, le mauvais sommeil avaient rougi le bord de ses paupières et le rhume lui mettait de la fièvre aux pommettes. Ses souliers, qui n'étaient plus cirés, paraissaient informes. Son pardessus se fatiguait et ses pantalons avaient des poches aux genoux.

Jusqu'à l'allure... Il ne marchait plus de la même façon... Il rasait les murs... Il baissait les yeux quand les passants le regardaient... Un détail encore : il détournait la tête lorsqu'il passait devant un restaurant où l'on voyait des clients attablés devant des plats copieux...

— Tes derniers vingt francs, pauvre vieux ! calculait Maigret. Et après ?...

Lucas, Torrence, Janvier le relayaient de temps en temps, mais il leur cédait la place le moins souvent possible. Il arrivait en trombe quai des Orfèvres, voyait le chef.

— Vous feriez mieux de vous reposer, Maigret...

Un Maigret hargneux, susceptible, comme en proie à des sentiments contradictoires.

— Est-ce que c'est mon devoir de découvrir l'assassin, oui ou non ?

— Evidemment...

— Alors, en route ! soupirait-il avec une sorte

216

de rancœur dans la voix. Je me demande où on va coucher ce soir...

Plus que vingt francs ! Même pas ! Quand il rejoignit Torrence, celui-ci déclara que l'homme avait mangé trois œufs durs et bu deux cafés arrosés dans un bar du coin de la rue Montmartre.

— Huit francs cinquante... Reste onze francs cinquante...

Il l'admirait. Loin de se cacher, il marchait à sa hauteur, parfois tout à côté de lui, et il devait se retenir pour ne pas lui adresser la parole.

— Allons, vieux !... Vous ne croyez pas qu'il serait temps de vous mettre à table ?... Il y a quelque part une maison chaude qui vous attend, un lit, des pantoufles, un rasoir... Hein ?... Et un bon dîner...

Mais non ! L'homme rôda sous les lampes à arc des Halles, comme ceux qui ne savent plus où aller, parmi les monceaux de choux et de carottes, en se garant au sifflet du train, au passage des camions de maraîchers.

— Plus moyen de te payer une chambre !

L'O.N.M. enregistrait ce soir-là huit degrés sous zéro. L'homme se paya des saucisses chaudes qu'une marchande préparait en plein vent. Il allait puer l'ail et le graillon toute la nuit !

Il essaya, à certain moment, de se faufiler dans un pavillon et de s'étendre dans un coin. Un agent, à qui Maigret n'eut pas le temps de donner ses instructions, lui fit prendre le large. Maintenant, il clopinait. Les quais. Le pont des Arts. Pourvu qu'il ne

lui prenne pas la fantaisie de se jeter dans la Seine !
Maigret ne se sentait pas le courage de sauter après
lui dans l'eau noire qui commençait à charrier des
glaçons.

Il suivait le quai de halage. Des clochards gro-
gnaient. Sous les ponts, les bonnes places étaient
prises.

Dans une petite rue, près de la place Maubert,
on voyait à travers les vitres d'un étrange bistro des
vieux qui dormaient, la tête sur la table. Pour vingt
sous, coup de rouge compris ! L'homme le regarda
à travers l'obscurité. Il esquissa un geste fataliste
et poussa la porte. Le temps pour celle-ci de
s'ouvrir et de se refermer, et Maigret reçut une
bouffée écœurante au visage. Il préféra rester
dehors. Il appela un agent, le mit en faction à sa
place, sur le trottoir, tandis qu'il allait téléphoner à
Lucas de garde cette nuit-là.

— Il y a une heure qu'on vous cherche, patron.
Nous avons trouvé ! Grâce à une concierge... Le
type s'appelle Stéphan Strevzki, architecte, 34 ans,
né à Varsovie, installé en France depuis trois ans...
Il travaille chez un ensemblier du faubourg Saint-
Honoré... Marié à une Hongroise, une fille splen-
dide qui répond au prénom de Dora... Occupant à
Passy, rue de la Pompe, un appartement d'un loyer
de douze mille francs... Pas de politique... La
concierge n'a jamais vu la victime... Stéphan est
parti lundi matin plus tôt que d'habitude... Elle a
été étonnée de ne pas le voir rentrer, mais elle ne
s'est pas inquiétée en constatant que...

— Quelle heure est-il ?

— Trois heures et demie... Je suis seul à la P.J...
J'ai fait monter de la bière, mais elle est bien
froide...

— Ecoute, Lucas... Tu vas... Oui ! Je sais ! Trop
tard pour ceux du matin... Mais dans ceux du soir...
Compris ?...

L'homme avait, ce matin-là, collée à ses vêtements, une sourde odeur de misère. Ses yeux plus
enfoncés. Le regard qu'il lança à Maigret, dans le
matin pâle, contenait le plus pathétique des
reproches.

Est-ce qu'on ne l'avait pas amené, petit à petit,
mais à une vitesse pourtant vertigineuse, jusqu'au
dernier degré de l'échelle ? Il releva le col de son
pardessus. Il ne quitta pas le quartier. Dans un bistro qui venait d'ouvrir, il s'engouffra, la bouche
amère, et but coup sur coup quatre verres d'alcool,
comme pour chasser l'effroyable arrière-goût que
cette nuit lui laissait dans la gorge et dans la poitrine.

Tant pis ! Désormais, il n'avait plus rien ! Il ne
lui restait qu'à marcher, le long des rues que le ver-
glas rendait glissantes. Il devait être courbatu. Il
boitillait de la jambe gauche. De temps en temps,
il s'arrêtait et regardait autour de lui avec désespoir.

Du moment qu'il n'entrait dans aucun café où il
y avait le téléphone, Maigret ne pouvait plus se faire

relayer. Les quais, encore ! Et ce geste machinal de l'homme tripotant les livres d'occasion, tournant les pages, s'assurant parfois de l'authenticité d'une gravure ou d'une estampe ! Un vent glacé balayait la Seine. Devant les péniches en marche, l'eau cliquetait, parce que de menus glaçons s'entrechoquaient comme des paillettes.

De loin, Maigret aperçut la P.J., la fenêtre de son bureau. Sa belle-sœur était repartie pour Orléans. Pourvu que Lucas...

Il ne savait pas encore que cette enquête atroce deviendrait classique et que des générations d'inspecteurs en répéteraient les détails aux nouveaux. Le plus bête, c'est que c'était un détail ridicule qui le bouleversait le plus : l'homme avait un bouton sur le front, un bouton qui, à y regarder de près, devait être un furoncle, et qui passait du rouge au violet.

Pourvu que Lucas...

A midi, l'homme qui, décidément, connaissait bien son Paris, s'avança vers la soupe populaire qui se trouve tout au bout du boulevard Saint-Germain. Il prit place dans la file de loqueteux. Un vieux lui adressa la parole, mais il fit semblant de ne pas comprendre. Alors un autre, au visage criblé de petite vérole, lui parla en russe.

Maigret gagna le trottoir d'en face, hésita, fut bien forcé de manger des sandwiches dans un bistro, et il se tournait à demi pour que l'autre, à travers les vitres, ne le vît pas manger.

Les pauvres types avançaient lentement, entraient

par quatre ou par six dans la pièce où on leur servait des bols de soupe chaude. La queue s'allongeait. De temps en temps on poussait, derrière, et il y en avait qui protestaient.

Une heure... Le gamin arriva de tout au bout de la rue... Il courait, le corps en avant...

— Demandez l'*Intran*... L'*Intran*...

Lui aussi essayait d'arriver avant les autres. Il reconnaissait de loin les passants qui achèteraient. Il ne s'inquiétait pas de la file de gueux.

— Demandez...

Humblement, l'homme leva la main, fit :

— Pssssttt !...

Les autres le regardèrent. Ainsi, il avait encore quelques sous pour s'acheter un journal ?

Maigret héla à son tour le vendeur, déploya la feuille, trouva avec soulagement, à la première page, ce qu'il cherchait, une photographie de femme, jeune, belle, souriante.

UNE INQUIÉTANTE DISPARITION

On nous signale la disparition, depuis quatre jours, d'une jeune Polonaise, Mme Dora Strevzki, qui n'a pas reparu à son domicile de Passy, 17, rue de la Pompe.

Détail troublant, le mari de la disparue, M. Stéphan Strevzki, a disparu lui-même de son domicile la veille, c'est-à-dire lundi, et la concierge, qui a alerté la police, déclare...

L'homme n'avait plus que cinq ou six mètres à

parcourir, dans la file qui le portait, pour avoir droit à son bol de soupe fumante. A ce moment, il sortit du rang, traversa la rue, faillit se faire happer par un autobus, atteignit le trottoir juste au moment où Maigret se trouvait en face de lui.

— Je suis à votre disposition ! déclara-t-il simplement. Emmenez-moi... Je répondrai à toutes vos questions...

Ils étaient tous dans le couloir de la P.J., Lucas, Janvier, Torrence, d'autres encore qui n'avaient pas travaillé l'affaire, mais qui étaient au courant. Au passage, Lucas adressa à Maigret un signe qui voulait dire :

— Ça y est !

Une porte qui s'ouvre et se referme. De la bière et des sandwiches sur la table.

— Mangez d'abord un morceau...

De la gêne. Des bouchées qui ne passent pas. Puis l'homme enfin...

— Du moment qu'elle est partie et qu'elle est quelque part en sûreté...

Maigret éprouva le besoin de tisonner le poêle.

— Quand j'ai lu dans les journaux le récit du meurtre... Il y avait déjà longtemps que je soupçonnais Dora de me tromper avec cet homme... Je savais aussi qu'elle n'était pas sa seule maîtresse... Je connaissais Dora, son caractère impétueux... Vous comprenez ?... S'il a voulu se débarrasser d'elle, je la savais capable de... Et elle avait toujours un revolver de nacre dans son sac... Lorsque les journaux ont annoncé l'arrestation de l'assassin et la reconstitution du crime, j'ai voulu voir...

Maigret aurait voulu, lui, pouvoir dire, comme les policiers anglais :

— Je vous avertis que tout ce que vous allez déclarer pourra être retenu contre vous...

Il n'avait pas retiré son pardessus. Il avait toujours son chapeau sur la tête.

— Maintenant qu'elle est en sûreté... Car je suppose...

Il regarda autour de lui avec angoisse. Un soupçon lui traversa l'esprit.

— Elle a dû comprendre, en ne me voyant pas rentrer... Je savais que cela finirait ainsi, que Borms n'était pas un homme pour elle, qu'elle n'accepterait pas de lui servir de passe-temps et qu'alors elle me reviendrait... Elle est sortie seule, le dimanche soir, comme cela lui arrivait les derniers temps... Elle a dû le tuer alors que...

Maigret se moucha. Il se moucha longtemps. Un rayon de soleil, de ce pointu soleil d'hiver qui accompagne les grands froids, entrait par la vitre. Le bouton, le furoncle, luisait sur le front de celui qu'il ne pouvait appeler autrement que l'homme.

— Votre femme l'a tué, oui... Quand elle a compris qu'il s'était moqué d'elle... Et vous, vous avez compris qu'elle avait tué... Et vous n'avez pas voulu...

Il s'approcha soudain du Polonais.

— Je vous demande pardon, vieux, grommela-t-il comme s'il parlait à un ancien camarade. J'étais

223

chargé de découvrir la vérité, n'est-ce pas ?... Mon devoir était de...

Il ouvrit la porte.

— Faites entrer Mme Dora Strevzki... Lucas, tu continueras, je...

Et personne ne le revit, pendant deux jours, à la P.J. Le chef lui téléphona, chez lui.

— Dites donc, Maigret... Vous savez qu'elle a tout avoué et que... A propos, comment va votre rhume... On me dit...

— Rien du tout, chef ! Ça va très bien... Dans vingt-quatre heures... Et lui ?

— Comment ?... Qui ?...

— Lui !

— Ah ! je comprends... Il s'est adressé au meilleur avocat de Paris... Il espère... Vous savez, les crimes passionnels...

Maigret se recoucha et s'abrutit à grand renfort de grogs et de cachets d'aspirine. Quand, ensuite, on voulut lui parler de l'enquête...

— Quelle enquête ?... grognait-il de façon à décourager les questionneurs.

Et l'homme venait le voir une fois ou deux par semaine, le tenait au courant des espoirs de l'avocat.

Ce ne fut pas tout à fait l'acquittement : un an avec sursis.

Et ce fut l'homme qui apprit à Maigret à jouer aux échecs.

Nieul-sur-Mer, 1939.

VENTE À LA BOUGIE

Maigret repoussa son assiette, sa table, se leva, grogna, s'ébroua, souleva machinalement le couvercle du poêle.

— Au travail, mes enfants ! Nous irons nous coucher de bonne heure !

Et les autres, autour de la grande table de l'auberge, tournèrent vers lui des visages résignés. Frédéric Michaux, le patron, dont la barbe avait poussé dru en trois jours, se leva le premier et se dirigea vers le comptoir.

— Qu'est-ce que je...

— Non ! Assez ! cria Maigret. Assez de vin blanc, puis de calvados, puis encore de vin blanc et de...

Ils en étaient tous arrivés à ce degré de fatigue où les paupières picotent et où tout le corps vous fait mal. Julia, qui était en somme la femme de Frédéric, porta dans la cuisine un plat où stagnait un reste de haricots rouges. Thérèse, la petite bonne, s'essuya les yeux, mais ce n'était pas parce qu'elle pleurait. C'était parce qu'elle avait un rhume de cerveau.

— On recommence à quel moment ? demanda-t-elle. Quand j'ai desservi ?

— Il est huit heures. On recommence donc à huit heures du soir.

— Alors, j'apporte le tapis et les cartes...

Dans l'auberge il faisait chaud, même trop chaud, mais dehors le vent charriait dans la nuit des rafales de pluie glacée.

— Asseyez-vous où vous étiez, père Nicolas... Vous, monsieur Groux, vous n'étiez pas encore arrivé...

Le patron intervint.

— C'est quand j'ai entendu les pas de Groux dehors que j'ai dit à Thérèse : « Mets les cartes à table... »

— Faut-il que je fasse encore une fois semblant d'entrer ? grogna Groux, un paysan d'un mètre quatre-vingts de haut, large comme un buffet rustique.

On aurait dit des acteurs qui répètent pour la vingtième fois une scène, la tête vide, les gestes mous, les yeux sans regard. Maigret lui-même, qui faisait figure de régisseur, avait parfois de la peine à se convaincre que tout cela était réel. Jusqu'au lieu où il se trouvait ! Avait-on idée de passer trois jours dans une auberge perdue à des kilomètres de tout village, en plein marais vendéen ?

Cela s'appelait le Pont-du-Grau, et il y avait un pont, en effet, un long pont de bois sur une sorte de canal vaseux que la mer gonflait deux fois par jour. Mais on ne voyait pas la mer. On ne voyait

que des prés-marais coupé... ...ltitude de
rigoles, et très loin, sur la li... ...
plats, des fermes qu'on app...

Pourquoi cette auberge...
Pour les chasseurs de ca...
y avait une pompe à es...
dis que sur le pignon...
en bleu pour une marc...

De l'autre côté du...
cabane à lapins, la maiso...
était pêcheur d'anguilles. A trois ce...
ferme assez vaste, de longs bâtiments sans...
la propriété de Groux.

*... le 15 janvier... 13 heures précises... au lieudit
la Mulatière... vente aux enchères publiques d'une
cabane... trente hectares de prés-marais... cheptel
mort et vif... matériel agricole... mobilier, vaisselle...*
La vente se fera au comptant.

Tout était parti de là. Depuis des années, la vie,
à l'auberge, était la même chaque soir. Le père
Nicolas arrivait, toujours à moitié ivre, et, avant de
s'asseoir devant sa chopine, il allait boire un petit
verre au comptoir. Puis c'était Groux qui s'en venait
de sa cabane. Thérèse étalait un tapis rouge sur la
table, apportait les cartes, les jetons. Il fallait encore
attendre le douanier pour faire le quatrième, ou
alors, quand il manquait, c'était Julia qui le rem-
plaçait.

Or, le 14 janvier, la veille de la vente, il y avait

deux clients de plus à l'auberge, des paysans qui venaient de loin pour les enchères, l'un, Borchain, des environs d'Angoulême, l'autre, Canut, de Saint-Jean-d'Angély.

— Minute ! fit Maigret comme le patron allait battre les cartes. Borchain est allé se coucher avant huit heures, soit tout de suite après avoir mangé. Qui est-ce qui l'a conduit dans sa chambre ?

— C'est moi ! répliqua Frédéric.

— Il avait bu ?

— Pas trop. Sûrement un peu. Il m'a demandé qui était le type qui avait l'air si lugubre, et je lui ai dit que c'était Groux, dont on allait vendre le bien... Alors il m'a demandé comment Groux s'y était pris pour perdre de l'argent avec d'aussi bons prés-marais, et je...

— Ça va ! gronda Groux.

Le colosse était sombre. Il ne voulait pas admettre qu'il ne s'était jamais occupé sérieusement de sa terre et de ses bêtes, et il en voulait au ciel de sa déchéance.

— Bon ! A ce moment, qui avait vu son porte-feuille ?

— Tout le monde. Il l'avait sorti de sa poche en mangeant, pour montrer une photo de sa femme... On a donc vu que c'était plein de billets... Même si on ne l'avait pas vu, on le savait, puisqu'il venait dans l'intention d'acheter, et que la vente était annoncée au comptant...

— Si bien que vous, Canut, vous aviez aussi plus de cent mille francs sur vous ?

228

— Cent cinquante mille... Je ne voulais pas monter plus haut...

Dès son arrivée sur les lieux, Maigret, qui dirigeait à cette époque la brigade mobile de Nantes, avait sourcillé en examinant Frédéric Michaux des pieds à la tête. Michaux, qui avait environ quarante-cinq ans, ne ressemblait pas précisément, avec son chandail de boxeur et son nez cassé, à un aubergiste de campagne.

— Dites donc... Vous n'avez pas l'impression que nous nous sommes déjà vus quelque part ?

— Pas la peine de perdre du temps... Vous avez raison, commissaire... Mais, maintenant, je suis en règle...

Vagabondage spécial dans le quartier des Ternes, coups et blessures, paris clandestins, machines à sous... Bref, Frédéric Michaux, aubergiste au Pont-du-Grau, au plus lointain de la Vendée, était plus connu de la police sous le nom de Fred le Boxeur.

— Vous reconnaîtrez sans doute Julia aussi... Vous nous avez coffrés ensemble, voilà dix ans... Mais vous verrez ce qu'elle a pu devenir bourgeoise...

C'était vrai. Julia, empâtée, bouffie, mal soignée, les cheveux gras, traînant ses pantoufles de la cuisine au bistro et du bistro à la cuisine, ne rappelait en rien la Julia de la place des Ternes et, ce qu'il y avait de plus inattendu, c'est qu'elle faisait une cuisine de tout premier ordre.

— On a pris Thérèse avec nous... C'est une pupille de l'Assistance...

Dix-huit ans, un corps mince et long, un nez pointu, une drôle de bouche et un regard effronté.

— Il faut jouer pour de bon ? questionna le douanier qui s'appelait Gentil.

— Jouez comme l'autre fois. Vous, Canut, pourquoi n'êtes-vous pas allé vous coucher ?

— Je regardais la partie... murmura le paysan.

— C'est-à-dire qu'il était tout le temps à me courir après, précisa Thérèse, hargneuse, et à me faire promettre que j'irais le retrouver dans sa chambre...

Maigret remarqua que Fred lançait un vilain coup d'œil au bonhomme et que Julia regardait Fred.

Bon... Ils étaient en place... Et, ce soir-là, il pleuvait aussi... La chambre de Borchain était au rez-de-chaussée, au fond du couloir... Dans ce même couloir, trois portes : une qui permettait de gagner la cuisine, une autre qui ouvrait sur l'escalier de la cave et une troisième marquée 100.

Maigret soupirait et se passait la main sur le front avec lassitude. Depuis trois jours qu'il était là, l'odeur de la maison l'imprégnait, l'atmosphère lui collait à la peau jusqu'à lui donner la nausée.

Et pourtant, que faire d'autre que ce qu'il faisait ? Le 14, un peu avant minuit, alors que la partie de cartes se poursuivait mollement, Fred avait reniflé à plusieurs reprises. Il avait appelé Julia qui était dans la cuisine.

— Il n'y a rien qui brûle dans le poêle ?

Il s'était levé, avait ouvert la porte du couloir.

— Mais, sacrebleu, ça pue le brûlé, par ici !

Groux l'avait suivi, et Thérèse. Ça venait de la chambre du locataire. Il avait frappé. Puis il avait ouvert, car la porte ne comportait pas de serrure.

C'était le matelas qui se consumait lentement, un matelas de laine, et qui répandait une âcre odeur de suint. Sur ce matelas, Borchain, en chemise et en caleçon, était étendu, le crâne fracassé.

Il y avait le téléphone. A une heure du matin, Maigret était alerté. A quatre heures, il arrivait à travers un déluge, le nez rouge, les mains glacées.

Le portefeuille de Borchain avait disparu. La fenêtre de la chambre était fermée. Personne n'avait pu venir du dehors, car Michaux possédait un berger allemand peu commode.

Impossible de les arrêter tous. Or tous étaient suspects, sauf Canut, le seul à n'avoir pas quitté la salle d'auberge de toute la soirée.

— Allons-y, mes enfants !... Je vous écoute, moi... Je vous regarde... Faites exactement ce que vous avez fait le 14 à la même heure...

La vente avait été remise à une date ultérieure. Toute la journée du 15, des gens avaient défilé devant la maison dont le commissaire avait fait fermer les portes.

Maintenant, on était le 16. Maigret n'avait pour ainsi dire pas quitté cette pièce, sinon pour dormir quelques heures. De même pour chacun. Ils étaient écœurés de se voir du matin au soir, d'entendre répéter les mêmes questions, de recommencer les mêmes gestes.

Julia faisait la cuisine. On oubliait le reste du monde. Il fallait un effort pour réaliser que des gens vivaient ailleurs, dans des villes, qui ne répétaient pas inlassablement :

— Voyons... Je venais de couper cœur... Groux a abattu son jeu en disant :

» — C'est pas la peine de jouer... Je ne vois pas une carte... Toujours ma chance !...

» Il s'est levé...

— Levez-vous, Groux ! commanda Maigret. Faites comme l'autre jour...

Le colosse haussa les épaules.

— Combien de fois allez-vous encore m'envoyer au petit endroit ? grogna-t-il. Demandez à Frédéric... Demandez à Nicolas... Est-ce que, les autres soirs, je n'y vais pas au moins deux fois ?... Hein ?... Qu'est-ce que vous croyez que je fais des quatre ou cinq bouteilles de vin blanc que je bois dans ma journée ?

Il cracha et se dirigea vers la porte, longea le corridor, poussa d'un coup de poing la porte marquée 100.

— Voilà ! Faut-il que j'y reste, à cette heure ?

— Le temps nécessaire, oui... Vous autres, qu'est-ce que vous avez fait pendant qu'il était absent ?

Le douanier riait nerveusement de la colère de Groux, et son rire avait quelque chose de fêlé. C'était le moins résistant de tous. Il avait les nerfs à fleur de peau.

— J'ai dit à Gentil et à Nicolas que cela ferait du vilain ! avoua Fred.

— Que quoi ferait du vilain ?

— Groux et la cabane... Il avait toujours cru que la vente n'aurait pas lieu, qu'il trouverait à emprunter de l'argent... Quand on est venu coller l'affiche, il a menacé l'huissier de son fusil... A son âge, quand on a toujours été propriétaire, il n'est pas facile de retourner comme valet chez les autres...

Groux était revenu sans rien dire et les regardait durement.

— Après ? cria-t-il. Est-ce que c'est fini, oui ? Est-ce que c'est moi qui ai tué l'homme et qui ai mis le feu au matelas ? Qu'on le dise tout de suite et qu'on me fourre en prison... Au point où on en est...

— Où étiez-vous, Julia ?... Il me semble que vous n'êtes pas à votre place...

— J'épluchais des légumes dans la cuisine... On comptait sur du monde à déjeuner, à cause de la vente... J'avais commandé deux gigots, et nous venons seulement d'en finir un...

— Thérèse ?

— Je suis montée dans ma chambre...

— A quel moment ?

— Un peu après que M. Groux est revenu...

— Eh bien ! nous allons y aller ensemble... Vous autres, continuez... Vous vous êtes remis à jouer ?

— Pas tout de suite... Groux ne voulait pas... On a parlé... Je suis allé prendre un paquet de gauloises dans le comptoir...

— Venez, Thérèse...

La chambre où Borchain était mort était vraiment un point stratégique. L'escalier n'en était qu'à deux mètres. Thérèse avait donc pu...

Une chambre étroite, un lit de fer, du linge et des vêtements sur une chaise.

— Qu'est-ce que vous êtes venue faire ?

— Ecrire...

— Ecrire quoi ?

— Que nous ne serions sûrement pas un instant seuls le lendemain...

Elle le regardait dans les yeux, elle le défiait.

— Vous savez très bien de quoi je parle... J'ai compris, à vos coups d'œil et à vos questions... La vieille se méfie... Elle est toujours sur notre dos... J'ai supplié Fred de m'emmener, et on avait décidé de filer au printemps...

— Pourquoi au printemps ?

— Je n'en sais rien... C'est Fred qui a fixé la date... Nous devions aller à Panamá, où il a vécu dans le temps et où nous aurions monté un bistro...

— Combien de temps êtes-vous restée dans votre chambre ?

— Pas longtemps... J'ai entendu la vieille qui montait... Elle m'a demandé ce que je faisais... J'ai répondu *rien*... Elle me déteste et je la déteste... Je jurerais qu'elle soupçonnait notre projet...

Et Thérèse soutenait le regard de Maigret. C'était une de ces filles qui savent ce qu'elles veulent et qui le veulent bien.

— Vous ne pensez pas que Julia préférerait voir Fred en prison que le savoir parti avec vous ?

— Elle en est capable !

— Qu'allait-elle faire dans sa chambre ?

— Retirer sa ceinture... Elle a besoin d'une ceinture en caoutchouc pour maintenir ses restes...

Les dents pointues de Thérèse faisaient penser à celles d'un petit animal dont elle avait la cruauté inconsciente. En parlant de celle qui l'avait précédée dans le cœur de Fred, ses lèvres se retroussaient.

— Le soir, surtout quand elle a trop mangé — elle se gave que c'en est dégoûtant ! — sa ceinture l'étouffe et elle monte pour l'enlever...

— Combien de temps est-elle restée ?

— Peut-être dix minutes... Quand elle est redescendue, je l'ai aidée à éplucher les légumes... Les autres jouaient toujours aux cartes...

— La porte était ouverte entre la cuisine et la salle ?

— Elle est toujours ouverte...

Maigret la regarda encore une fois, descendit pesamment l'escalier qui craquait. On entendait le chien qui, dans la cour, tirait sur sa chaîne.

Quand on ouvrait la porte de la cave, on trouvait, juste derrière, un tas de charbon, et c'est sur ce tas que l'arme du crime avait été prise : un lourd marteau à charbon.

Pas d'empreintes digitales. L'assassin avait dû saisir l'outil avec un chiffon. Ailleurs, dans la maison, y compris sur le bouton de la porte de la chambre, des empreintes multiples, confuses, celles de tous ceux qui étaient là le 14 au soir.

Quant au portefeuille, ils s'étaient mis à dix pour le chercher, dans les endroits les plus invraisemblables, des hommes qui avaient l'habitude de ces sortes de fouilles et, la veille, on avait fait appel aux vidangeurs pour vider la fosse d'aisances.

Le pauvre Borchain était venu de sa campagne pour acheter la cabane de Groux. Jusqu'alors, il n'avait été que fermier. Il voulait devenir propriétaire. Il était marié et il avait trois filles. Il avait dîné à une des tables. Il avait bavardé avec Canut, qui était un acheteur éventuel, lui aussi. Il lui avait montré la photographie de sa femme.

Engourdi par un repas trop copieux et largement arrosé, il s'était dirigé vers son lit, de cette démarche des paysans quand vient l'heure du sommeil. Sans doute avait-il glissé le portefeuille sous son oreiller ?

Dans la salle, quatre hommes jouant à la belote, comme tous les soirs, en buvant du vin blanc : Fred, Groux, le vieux Nicolas qui, quand il avait son plein d'alcool, tournait au violet, et le douanier Gentil, qui aurait mieux fait d'effectuer sa tournée.

Derrière eux, à califourchon sur une chaise, Canut qui regardait tantôt les cartes et tantôt Thérèse, avec l'espoir que cette nuit passée hors de chez lui serait marquée par une aventure.

Dans la cuisine, deux femmes : Julia et la petite de l'Assistance, autour d'un seau à légumes.

Un de ces personnages, à un moment donné, était

passé dans le corridor, sous un prétexte ou sous un autre, avait ouvert d'abord la porte de la cave pour y prendre le marteau à charbon, puis la porte de Borchain.

On n'avait rien entendu. L'absence n'avait pu être longue, puisqu'elle n'avait pas paru anormale.

Et cependant il avait encore fallu que l'assassin mette le portefeuille en lieu sûr !

Car, puisqu'il avait mis le feu au matelas, l'alerte ne tarderait pas à être donnée. On téléphonerait à la police. Chacun serait fouillé !

— Quand je pense que vous n'avez même pas de bière buvable ! se plaignit Maigret en rentrant dans le bistro.

Un verre de bière fraîche, mousseuse, tirée au tonneau ! Alors qu'il n'y avait dans la maison que d'ignobles canettes d'une bière dite des familles !

— Et cette partie ?

Fred regarda l'heure à l'horloge réclame entourée de faïence bleu ciel. Il avait l'habitude de la police. Il était fatigué, comme les autres, mais plutôt moins fiévreux.

— Dix heures moins vingt... pas encore... On parlait toujours... C'est toi, Nicolas, qui as redemandé du vin ?

— C'est possible...

— J'ai crié à Thérèse : « Va tirer du vin... »

» Puis je me suis levé et je suis descendu moi-même à la cave.

— Pourquoi ?

Il haussa les épaules.

— Tant pis, n'est-ce pas ? Qu'elle entende, après tout ! Quand tout ceci sera fini, la vie ne reprendra quand même plus comme elle était... J'avais entendu Thérèse monter dans sa chambre... Je me doutais qu'elle m'avait écrit un billet... Il devait se trouver dans la serrure de la porte de la cave... Tu entends, Julia ? Je n'y peux rien, ma vieille !... Tu m'as fait assez de scènes pour payer nos rares moments de plaisir...

Canut rougit. Nicolas ricana tout seul dans ses poils roussâtres. M. Gentil regarda ailleurs, car il avait, lui aussi, fait des avances à Thérèse.

— Il y avait un billet ?

— Oui... Je l'ai lu en bas, pendant que le vin coulait dans la bouteille. Thérèse disait simplement qu'on ne serait sans doute pas un instant seuls le lendemain...

Chose étrange, on sentait chez Fred une passion sincère et même une qualité assez inattendue d'émotion. Dans la cuisine, Thérèse se leva soudain, vint vers la table des joueurs.

— C'est fini, oui ? prononça-t-elle, les lèvres tremblantes. J'aime encore mieux qu'on nous arrête tous et qu'on nous conduise en prison. On verra bien... Mais tourner comme ça autour du pot, avec l'air... avec l'air...

Elle éclata en sanglots et alla se coller les bras au mur, la tête dans les bras.

— Vous êtes donc resté plusieurs minutes dans la cave, poursuivit Maigret, imperturbable.

— Trois ou quatre minutes, oui...

— Qu'avez-vous fait du billet ?

— Je l'ai brûlé à la flamme de la bougie...

— Vous avez peur de Julia ?

Fred en voulut à Maigret de ce mot-là.

— Vous ne comprenez pas, non ? Vous qui nous avez arrêtés voilà dix ans !... Vous ne comprenez pas que, quand on a vécu certaines choses ensemble... Enfin ! Comme vous voudrez !... T'en fais pas, ma pauvre Julia...

Et une voix calme vint de la cuisine :

— Je ne m'en fais pas...

Le mobile, le fameux mobile dont parlent les cours de criminologie ? Il existait pour tout le monde, le mobile ! Pour Groux plus encore que pour les autres, pour Groux qui était au bout de son rouleau, qui serait vendu le lendemain, mis à la porte de chez lui, sans même ses meubles ni ses hardes, et qui n'avait comme ressource que de se louer comme valet de ferme !

Il connaissait les lieux, l'entrée de la cave, le tas de charbon, le marteau...

Et Nicolas ? Un vieil ivrogne, soit. Il vivait misérablement. Mais il avait une fille à Niort. Elle était placée comme domestique, et tout ce qu'elle gagnait servait à payer la pension de son enfant. Est-ce qu'il n'aurait pas pu...

Sans compter, Fred l'avait dit tout à l'heure, que c'était lui qui venait chaque semaine fendre le bois et casser le charbon !

Or, vers dix heures, Nicolas était allé au petit

endroit, en zigzaguant comme un ivrogne. Gentil avait remarqué :

— Pourvu qu'il ne se trompe pas de porte !

Il y a de ces hasards ! Pourquoi Gentil avait-il dit ça en jouant machinalement avec les cartes ?

Et pourquoi Gentil n'aurait-il pas eu l'idée du crime quand, quelques instants plus tard, il avait imité le vieux Nicolas ?

C'était un douanier, soit, mais tout le monde savait qu'il n'était pas sérieux, qu'il faisait ses rondes au café et qu'on pouvait toujours s'arranger avec lui.

— Dites donc, commissaire... commença Fred.

— Pardon... Il est dix heures cinq... Où en étions-nous, l'autre nuit ?

Alors, Thérèse, qui reniflait, vint s'asseoir derrière son patron, dont elle frôlait le dos de son épaule.

— Vous étiez là ?

— Oui... J'avais fini les légumes... J'ai pris le chandail que je suis en train de tricoter, mais je n'ai pas travaillé...

Julia était toujours dans la cuisine, mais on ne la voyait pas.

— Qu'est-ce que vous vouliez dire, Fred ?

— Une idée qui me passe par la tête... Il me semble qu'il y a un détail qui prouve que ce n'est pas quelqu'un de la maison qui a tué le bonhomme... Parce que... Supposez... Non ! ce n'est pas ce que je veux dire... Si je tuais quelqu'un, chez moi, est-ce que vous croyez que j'aurais l'idée de

240

mettre le feu ?... Pour quoi faire ?... Pour attirer l'attention ?...

Maigret venait de bourrer sa nouvelle pipe et l'allumait lentement.

— Donnez-moi quand même un petit calvados, Thérèse !... Quant à vous, Fred, pourquoi n'auriez-vous pas mis le feu ?

— Mais, parce que...

Il était interloqué.

— Sans ce commencement d'incendie, on ne se serait pas inquiété du type... Les autres seraient rentrés chez eux... Et...

Maigret souriait, les lèvres étrangement étirées autour du tuyau de sa pipe.

— Dommage que vous prouviez exactement le contraire de ce que vous avez voulu prouver, Fred... Ce commencement d'incendie, c'est le seul indice sérieux, et j'en ai été frappé dès mon arrivée... Supposons que vous tuez le vieux bonhomme, comme vous dites... Tout le monde sait qu'il est chez vous... vous ne pouvez donc songer à faire disparaître le cadavre... Il faudra bien, le lendemain matin, ouvrir la porte de sa chambre et donner l'alerte... Au fait, à quelle heure avait-il demandé à être réveillé ?

— A six heures... Il voulait visiter la cabane et les terres avant la vente...

— Si donc le cadavre était découvert à six heures, il n'y avait dans la maison que vous, Julia et Thérèse, car je ne parle pas de M. Canut, que nul n'aurait soupçonné... Personne n'aurait pensé non plus que le crime pouvait avoir été commis pendant la partie de cartes...

Fred suivait avec attention le raisonnement du commissaire, et il semblait à Maigret qu'il était devenu plus pâle. Il déchira même machinalement une carte dont il laissa tomber les morceaux sur le plancher.

— Attention, si tout à l'heure vous essayez de jouer, vous chercherez en vain l'as de pique... Je disais donc... Ah ! oui... Comment faire découvrir le crime avant le départ de Groux, de Nicolas et de M. Gentil, de façon que les soupçons puissent se porter sur eux ?... Aucun prétexte pour entrer dans la chambre... Si ! Un seul... L'incendie...

Cette fois, Fred se dressa d'une détente, les poings serrés, l'œil dur, et il gueula :

— Tonnerre de Dieu !

Tout le monde se taisait. On venait de recevoir comme un choc. Jusque-là, on avait fini, tant la lassitude était grande, par ne plus croire au criminel. On ne réalisait plus qu'il était là, dans la maison, qu'on lui parlait, qu'on mangeait à la même table, qu'on jouait peut-être aux cartes avec lui, qu'on trinquait.

Fred arpentait la salle d'auberge à grands pas tandis que Maigret, comme tassé sur lui-même, faisait de tout petits yeux. Est-ce qu'il allait enfin réussir ? Depuis trois jours il les tenait en haleine, minute par minute, leur faisait répéter dix fois les mêmes gestes, les mêmes mots, avec l'espoir, certes, qu'un détail oublié apparaîtrait tout à coup, mais surtout dans le but de leur casser les nerfs, de pousser l'assassin à bout.

On entendit sa voix paisible, les syllabes entre-coupées par les petits coups qu'il tirait sur sa pipe.

— Toute la question est de savoir qui avait à sa portée une cachette assez sûre pour qu'il soit impos-sible de retrouver le portefeuille...

Chacun avait été fouillé. L'un après l'autre, la fameuse nuit, ils avaient été mis nus comme des vers. Le charbon de l'entrée de la cave avait été remué. On avait sondé les murs, les barriques. N'empêche qu'un gros portefeuille contenant plus de cent billets de mille francs...

— Vous me donnez le mal de mer à vous agiter de la sorte, Fred...

— Mais, sacrebleu, vous ne comprenez donc pas que...

— Que quoi ?

— Que je ne l'ai pas tué ! Que je ne suis pas assez fou pour ça ! Que j'ai un casier judiciaire assez chargé pour...

— C'est bien au printemps que vous vouliez par-tir avec Thérèse pour l'Amérique du Sud et ache-ter un bistro ?

Fred se tourna vers la porte de la cuisine, ques-tionna, les dents serrées :

— Après ?

— Avec quel argent ?

Son regard s'enfonça dans les yeux de Maigret.

— C'est là que vous vouliez en venir ? Vous faites fausse route, commissaire. De l'argent, j'en aurai le 15 mai. Une idée de bourgeois qui m'est venue, alors que je gagnais gentiment ma vie en organisant des combats de boxe. J'ai pris une assurance de cent mille francs que je dois toucher à cinquante ans. Ces cinquante ans, je les aurai le 15 mai... Eh ! oui, Thérèse, j'ai un peu plus de bouteille que je n'avoue d'habitude...

— Julia était au courant de cette assurance ?

— Cela ne regarde pas les femmes !

— Ainsi, Julia, vous ignoriez que Fred allait toucher cent mille francs ?

— Je le savais.

— Hein ? s'écria Fred en sursautant.

— Je savais aussi qu'il voulait s'en aller avec cette raclure...

— Et vous les auriez laissés partir ?

Julia resta immobile, le regard fixé sur son amant, et il y avait en elle une étrange quiétude.

— Vous ne m'avez pas répondu ! insista Maigret.

Elle le regarda à son tour. Ses lèvres remuèrent. Peut-être allait-elle dire quelque chose d'important ? Mais elle haussa les épaules.

— Est-ce qu'on peut savoir ce que fera un homme ?

Fred n'écoutait pas. On aurait dit que soudain un autre sujet le préoccupait. Les sourcils froncés, il réfléchissait, et Maigret eut l'impression que leurs pensées suivaient le même cours.

— Dites donc, Fred !

— Quoi ?

C'était comme si on l'eût tiré d'un rêve.

— A propos de cette police d'assurance... de cette police que Julia a vue à votre insu... J'aimerais y jeter un coup d'œil, moi aussi...

Quel chemin capricieux la vérité prenait pour se faire jour ! Maigret croyait avoir pensé à tout. Thérèse, dans sa chambre, lui parlait de départ, donc argent... Fred avouait l'existence de l'assurance...

Or... C'était tellement simple, tellement bête qu'il faillit éclater de rire : on avait fouillé dix fois la maison et cependant on n'avait trouvé ni police d'assurance, ni papiers d'identité, ni livret militaire !

— A votre disposition, commissaire, soupirait Fred avec calme. Par la même occasion vous allez connaître le chiffre de mes économies...

Il se dirigea vers la cuisine.

— Vous pouvez entrer... Quand on vit dans un bled comme celui-ci... Sans compter que j'ai quelques papelards que des copains de jadis ne seraient pas fâchés de me chiper...

Thérèse les suivait, étonnée. On entendait les pas lourds de Groux, et Canut se levait à son tour.

— Ne croyez pas que ce soit bien malin... C'est un hasard que j'aie été chaudronnier dans mon jeune temps...

A droite du fourneau, il y avait un énorme seau à ordures en tôle galvanisée. Fred en renversa le contenu au beau milieu de la pièce et fit sauter un double fond. Il fut le premier à regarder. Lentement ses sourcils se froncèrent. Lentement il leva la tête, ouvrit la bouche...

Un gros portefeuille tout gris d'usure, fermé par une bande de caoutchouc rouge découpée dans un pneu, était là, parmi d'autres papiers.

— *Eh bien ! Julia ?* questionna doucement Maigret.

Alors il eut l'impression de voir, à travers les traits empâtés de la maîtresse, revivre quelque chose de la Julia qu'elle avait été. Elle les regarda tous. Sa lèvre supérieure se souleva dans une moue dédaigneuse. On aurait pu croire qu'il y avait un sanglot derrière. Mais il n'éclata pas. Ce fut une voix mate qui laissa tomber :

— Et après ? Je suis faite...

Le plus extraordinaire, c'est que ce fut Thérèse qui pleura, brusquement, comme un chien hurle à la mort, tandis que celle qui avait tué questionnait :

— Je suppose que vous m'emmenez tout de suite, puisque vous avez l'auto ?... Est-ce que je peux emporter mes affaires ?...

Il lui laissa faire son baluchon. Il était triste : la réaction, après une longue tension nerveuse.

Depuis quand Julia avait-elle découvert la cachette de Fred ? A la vue de la police d'assurance, dont il ne lui avait jamais parlé, n'avait-elle pas compris que, le jour où il toucherait cet argent, il s'en irait avec Thérèse ?

Une occasion s'était présentée : plus d'argent encore que ce que Fred toucherait ! Et c'était elle qui le lui apporterait, dans quelques jours, dans quelques semaines, quand on aurait classé l'affaire !

— Regarde, Fred... J'étais au courant de tout...

Tu voulais partir avec elle, n'est-ce pas ?... Tu croyais que je n'étais plus bonne à rien... Ouvre ta cachette... C'est moi, la vieille, comme tu m'appelles, qui...

Maigret, à tout hasard, la surveillait tandis qu'elle allait et venait dans la chambre où il n'y avait qu'un grand lit d'acajou surmonté de la photographie de Fred en boxeur.

— Faut que je remette ma ceinture... dit-elle. Autant que vous ne regardiez pas... Ce n'est pas si joli...

Ce n'est que dans l'auto qu'elle s'effondra, tandis que Maigret regardait fixement les gouttes de pluie sur les vitres. Qu'est-ce qu'ils faisaient, maintenant, les autres, dans l'auberge ? Et à qui serait adjugée la cabane de Groux quand, pour la troisième fois, la bougie des enchères s'éteindrait ?

Nieul-sur-Mer, 1939.

LE DEUIL DE FONSINE

On ne comptait plus les fois qu'elles étaient allées devant le juge de paix, à Pouzauges, presque aussi facilement que d'autres vont à la foire le jeudi, tantôt l'une comme plaignante, tantôt l'autre. Six mois avant, elles avaient fait le voyage de Fontenay par le car pour passer en correctionnelle. Mais cela, le nouveau président ne le savait pas.

Il appelait les noms, machinalement, en pointant la liste sur son bureau :

— Fernande Sirouet, propriétaire à Saint-Mesmin... Alphonsine Sirouet, veuve Brécard, propriétaire à Saint-Mesmin...

Puis les noms des témoins. Puis il levait la tête et il les regardait qui s'étaient avancées devant la petite grille semi-circulaire, et qui se tenaient roides côte à côte.

— Voyons... Laquelle de vous deux est Fernande Sirouet ?

C'était la plus massive, une femme courte, carrée, au visage carré, aux mâchoires puissantes, au teint du même gris mat que ses cheveux. Elle lâcha d'une main son sac en velours à fermoir d'argent et leva discrètement un doigt.

Le président s'adressa à la seconde.

— Vous êtes donc l'accusée, Alphonsine Sirouet, veuve Brécard...

— Oui, monsieur le président.

Celle-ci, de même taille, était plus maigre, avec des épaules rentrées, un visage doux et mélancolique. De temps en temps, elle toussait en portant la main à sa bouche.

— Vous êtes parentes ?

Aucune réponse ne fut formulée. Les deux femmes ne bougèrent pas, ne bronchèrent pas, fixant le vide devant elles.

— Je vous demande si vous êtes parentes ?

Cette fois, les deux têtes obliquèrent, mais à peine, juste assez pour un muet défi, sans qu'une parole tombât de leurs lèvres. C'est l'homme de loi de Fernande, la plaignante, qui vint à la rescousse en boitillant.

— Elles sont sœurs, monsieur le président.

Toutes les deux, de grand matin, avaient quitté la même maison de Saint-Mesmin et s'étaient dirigées vers le car stationnant sur la place de l'église. Ou plutôt chacune d'elles était sortie de *sa* maison, car l'immeuble, depuis des années, était divisé en deux. Chacune des sœurs avait sa porte, ses trois fenêtres en façade. Chacune avait marché sur un trottoir. Chacune avait rejoint, sur la place, ses deux témoins endimanchés et du coup les témoins avaient cessé de se connaître. Qui les eût vues, qui les eût observées ensuite dans le car pendant le voyage se serait sans doute demandé quel vertigineux abîme, quel vide incolore et glacé séparait ces deux femmes vieillissantes dont, pas une fois, les regards ne se croisèrent.

— Alphonsine Sirouet, restez à votre place... Quant à la plaignante et aux témoins...

L'avoué, qui était depuis des années *l'homme de loi* de Fernande, jouait les maîtres de cérémonie et plaçait les acteurs selon les rites.

— Vous êtes accusée d'avoir, le 1er janvier, lancé un fait-tout dans la direction de Fernande Sirouet, votre voisine, et, ce que j'ignorais, votre sœur...

Alphonsine, qu'on avait toujours appelée Fonsine, secoua douloureusement la tête en signe de dénégation.

— Votre jardin et celui de... votre sœur, puisque sœur il y a, ce qui, entre parenthèses, rend votre geste encore plus incompréhensible, les deux jardins, dis-je, sont séparés par un mur mitoyen d'une hauteur de...

— Deux mètres dix, intervint l'avocat de Fonsine pour aider le président qui picorait dans son dossier.

Et ce chiffre devait avoir de l'importance, car il le soulignait avec malice.

— Deux mètres dix, soit... Le fait-tout a atteint la plaignante à la tête, occasionnant une plaie contuse au cuir chevelu...

L'avocat ricanait, jouait à son banc une petite comédie qui devait être très drôle pour les rares initiés.

— Reconnaissez-vous les faits ?

— Non, monsieur le président.

— Pardon. Je vois qu'à l'instruction vous avez avoué que vous...

— J'ai lancé la casserole. Car c'était une vieille casserole, trouée comme une passoire, et non pas un fait-tout... Je me demande pourquoi on a éprouvé le besoin de parler de fait-tout...

Le président se tourna vers Fernande, qui se leva à son banc.

— C'était un fait-tout, affirma-t-elle. Un fait-tout en fonte comme tous les fait-tout...

Le procureur somnolait derrière son pupitre de chêne clair. Les assesseurs écoutaient vaguement en laissant errer leurs regards sur les quelque soixante personnes entassées derrière la barrière et attendant pour la plupart leur tour de comparaître.

— On pourrait peut-être, insinua le défenseur de Fonsine, interroger sur ce point le garde champêtre de Saint-Mesmin, que notre adversaire a cité, je ne sais pourquoi, et qui tient justement une quincaillerie...

Un gaillard placide et immense se leva à son tour.

— On ne peut pas tout à fait dire que ce soit un fait-tout, à cause de la forme... D'autre part... C'était une casserole si l'on veut, une casserole en fonte...

— Bref, un objet lourd... Est-ce que, à votre avis, cette casserole ou ce fait-tout était susceptible de blesser grièvement ?

Et l'avocat d'intervenir avec une fusante ironie :

— A la condition de l'atteindre, peut-être !

— Je ne vous comprends pas, maître. Il est établi que la plaignante a bien été...

— ... n'a jamais été atteinte par la casserole. C'est ce que je me réserve de démontrer tout à l'heure.

Et il se rassit, jubilant.

— Voyons... Voyons... Alphonsine Sirouet... Levez-vous. Vous reconnaissez avoir lancé une casserole par-dessus le mur qui sépare votre jardin de celui de votre sœur ?

— J'ai rendu à César ce qui était à César.

— Pardon ?

— Je dis que cette casserole a été jetée dans mon jardin et que je l'ai renvoyée d'où elle venait. Certaine personne, depuis longtemps, toutes les honnêtes gens du bourg vous le diront, a pris l'habitude de déverser ses détritus dans ma cour et dans mon potager. Il n'était donc que juste...

— Vous prétendez, en somme, avoir ignoré la présence de votre sœur derrière le mur ?

— Cette personne n'y était pas.

Comment le président, qui ne connaissait pas les sœurs Sirouet, ni la maison du coin de la grand'route, ni même Saint-Mesmin, un président qui n'avait jamais entendu parler d'Antonin Brécard, comment un tel homme s'y fût-il retrouvé dans cette affaire ?

Les gens de loi, tout à l'heure, allaient bien essayer de la lui expliquer, l'avoué pour Fernande, l'avocat pour Fonsine, mais chacun, comme c'était son rôle, présenterait les choses à sa manière, sans se donner la peine de remonter assez loin.

A la vérité, il aurait fallu remonter à la première communion des deux sœurs — car elles l'avaient faite ensemble. Fernande, qui était l'aînée de deux ans, avait dû attendre sa cadette, car le père, un entêté s'il en fut jamais, un original par surcroît, avait décidé de s'en tirer avec une seule cérémonie.

Fernande enragea pendant ces deux années d'attente d'abord, puis pendant les mois qui suivirent, et jusqu'à la confirmation. Puis ce fut le tour de Fonsine d'enrager parce qu'elle devenait coquette et qu'on taillait invariablement ses robes et ses manteaux dans les vieux vêtements de sa sœur.

La mère mourut, et Fernande, en sa qualité d'aînée, fut vouée au ménage du père Sirouet pendant que Fonsine allait étudier la couture et la coupe à Fontenay, ce qui était injuste.

Ils étaient à l'aise. Le vieux Sirouet était un gros marchand de bestiaux très porté sur le vin blanc et sur la nourriture. Il n'avait jamais imaginé que ses deux filles pussent se marier, car, du moment qu'il était veuf, il lui en fallait une au moins pour tenir la maison. Cela, c'était comme de l'Evangile. Quant à savoir laquelle des deux, il s'en moquait, il n'avait pas de préférence. Qu'elles s'arrangent entre elles !

Or, justement, elles ne s'arrangeaient pas du tout.

— C'est toujours à l'aînée de se marier la première. Donc, c'est moi qui...

— Pardon ! Quand la mère meurt, c'est l'aînée qui prend sa place à la maison et qui y reste. C'est moi, par conséquent, qui...

Elles ne se mariaient ni l'une ni l'autre pour la bonne raison que nul ne s'avisait de les demander en mariage.

L'aînée avait trente ans, la cadette vingt-huit, quand un nouvel instituteur fut nommé à Saint-Mesmin. Il avait, lui, quarante-cinq ans bien sonnés et il négligeait tout particulièrement sa toilette, méprisant les règles les plus essentielles de la propreté. Il s'appelait Brécard, Antonin Brécard, et tout de suite il parut avoir du goût pour une des filles Sirouet. Mais laquelle ? On n'en savait rien.

Ce fut Fonsine qu'il épousa. Au petit bonheur, prétendait-on. A la suite de basses manœuvres de la jeune fille, affirma Fernande.

Ce qu'il convient de retenir, c'est que, pendant deux ans, Fonsine quitta la maison paternelle pour aller vivre à l'école avec son mari. Oui ou non, avait-elle quitté de son plein gré la maison de son père ? Oui !

Or son mari mourut, à peu près dans le même temps que le père Sirouet, de qui le vin blanc du pays avait fini par avoir raison.

Que fit alors Fonsine, *qui avait quitté d'elle-même le foyer de ses parents et qui n'avait pas eu à soigner dans ses derniers moments un père qu'elle avait pour ainsi dire abandonné ?* Elle prétendit réintégrer la maison et y régner sinon en maîtresse, tout au moins en égale de Fernande.

Il y avait combien de temps de cela ? Près de vingt ans. Dix-huit exactement.

Eh bien ! depuis lors, les deux sœurs vivaient entre les pierres qui les avaient vues naître. Seulement la maison, heureusement toute en longueur, avait été partagée. Le partage s'était effectué en présence de deux experts et des hommes de loi. Il y avait des pièces qui tenaient au cœur de chacune des sœurs et qu'on ne pouvait couper en deux, comme la cuisine avec sa grande cheminée de pierre. On l'avait tirée au sort. On avait percé une seconde entrée, dressé des cloisons, construit un escalier.

Bref, il y avait maintenant deux maisons et, pour que cela ne fasse aucun doute, Fonsine avait peint sa moitié de façade en bleu pâle, tandis que Fernande gardait la sienne couleur de pierre sale.

Bien entendu, elles ne s'étaient jamais plus adressé la parole. Elles ne se connaissaient pas. Elles se rencontraient vingt fois par jour, et chacune regardait l'autre comme si elle eût été transparente.

Fernande avait son avoué à Pouzauges, Fonsine son homme de loi à Fontenay, et c'étaient eux qui entretenaient les rapports indispensables.

Que d'histoires, depuis ! On ne comptait pas les chats empoisonnés qui avaient tous fait l'objet de débats en justice de paix. Ensuite, pendant deux ans environ, cela avait été la rage des lettres anonymes. Tout Saint-Mesmin en recevait, et le curé avait été obligé d'en parler sévèrement en chaire, car des tiers étaient mis en cause, des hommes mariés étaient accusés de se livrer à la débauche la plus crapuleuse dans l'une ou l'autre des deux maisons.

Les sœurs Sirouet se seraient crues déshonorées d'aller chez le même fournisseur, et chacune avait son épicier, son boucher, son charcutier.

— Je ne porte pas mon argent chez des commerçants qui ont assez peu d'honneur pour servir n'importe qui...

L'histoire du lavoir encore... Un ruisseau coulait au bas du jardin désormais partagé en deux. Au fond de chaque jardinet, on avait édifié un lavoir fait de quelques planches. Mais l'égalité absolue était impossible, le ruisseau s'obstinait à couler toujours dans le même sens. Bref, Fonsine ne recevait l'eau qu'après que celle-ci eut passé chez sa sœur.

Fernande l'épiait, s'arrangeait pour laver le même jour qu'elle, de sorte que Fonsine ne voyait arriver à son lavoir que l'eau empoisonnée par le linge sale de « cette femme ».

Il lui arriva de se lever la nuit pour faire son linge dans de l'eau propre. Pour se venger, Fernande alla acheter d'énormes flacons d'encre chez la mercière qui tenait toutes sortes d'articles, et elle les versa dans l'eau au moment où le linge de sa sœur y trempait. C'était prouvé. Même qu'elle avait dit à la mercière :

« — Vous n'auriez pas de la vieille encre ?... Cela ne fait rien si elle est un peu tournée... Ce n'est pas pour écrire... »

Quant au mur, malgré ses deux mètres dix, il était

franchi quotidiennement par les objets les plus disparates et de préférence les plus répugnants, vieilles savates, ouate usagée, rats crevés, pots de chambre ébréchés... Dieu sait où elles allaient glaner tout ça, sans doute à la nuit tombée !

Maintenant, les deux femmes étaient côte à côte, la pâle et dure Fernande, la maigre et dolente Fonsine, chacune flanquée de ses témoins, et, comme le président essayait de soutirer un peu de vérité au garde champêtre, celui-ci déclara avec une simplicité qui le rendit sympathique :

— Ça n'en a peut-être pas l'air, mais je me demande parfois si ce n'est pas encore Fonsine la plus féroce des deux...

Fonsine qui toussait à fendre l'âme et qui avait une façon si modeste d'effacer les épaules, comme pour se glisser dans un confessionnal ! Il est vrai que le garde appartenait théoriquement au parti de Fernande !

— Voyons ! Vous étiez bien dans votre jardin quand votre sœur a lancé...

— Oui, monsieur le président.

— Non, monsieur le président, rectifiait doucement, respectueusement, mais fermement, Fonsine. A ce moment-là, elle était sur son seuil de devant et la preuve, c'est que la charcutière, que je vous ai amenée, lui parlait...

— Ce n'est pas vrai... Le ferblantier, qui travaillait dans son jardin, m'a vue tout près du mur et...

— Tout le monde sait qu'elle se rendrait malade

à force de mentir ! Quant au ferblantier, si je ne me retenais pas, je pourrais raconter une histoire. Qu'on fasse plutôt interroger la femme du garde et on verra bien si...

Elle était bien embarrassée, la femme du garde. Elle n'aurait pas demandé mieux que de parler, mais elle aurait bien voulu se taire aussi.

— Que savez-vous de l'affaire ?

— Autant dire que je n'en sais rien, monsieur le président.

Elle ne savait rien, mais elle avait entendu dire que Fernande avait dit à quelqu'un... Qu'est-ce qu'elle avait dit au juste ?

— Que sa sœur lui payerait cher l'histoire du fait-tout et toutes ses canailleries, et que maintenant elle tenait le bon bout...

— Quel bout ?

— Je ne sais pas...

— C'était après le lancement de la casserole ?

— Il était cinq heures de l'après-midi...

— Donc, après, puisque la casserole a été jetée vers les quatre heures...

— Qu'elle dit !

— Est-ce que Fernande Sirouet était blessée à ce moment-là ?

Mutisme.

— Savez-vous si elle était blessée ?

— Cela ne se voyait pas...

Bref, selon certains témoins, Fernande Sirouet n'aurait nullement été atteinte par le fait-tout — ou la casserole — mais, ruminant sa colère, saisissant l'occasion, elle était rentrée chez elle et s'était blessée elle-même afin de traîner sa sœur en correctionnelle.

— Vous n'avez qu'à interroger le docteur... Il est ici...

Seulement le médecin était plus embarrassé que tous les autres, car, si les sœurs Sirouet avaient chacune son charcutier et son épicier, force leur était d'avoir recours au même praticien.

— Vous avez examiné Fernande Sirouet quand elle a été blessée... Pouvez-vous nous dire si...

Il ne savait pas, non. La blessure pouvait avoir été causée par la casserole, mais elle pouvait aussi avoir été faite à l'aide d'un instrument quelconque, un marteau, par exemple, ou par un choc contre un angle de mur...

Comment ?... Si la plaignante avait pu se blesser elle-même de cette façon ?... Ce n'était pas impossible, matériellement... Tout était possible... Douloureux ?... Un peu, oui... Assez... Mais enfin...

Mais enfin, pour une Sirouet, que représentait cette petite douleur passagère en regard de l'ivresse de faire condamner l'autre en correctionnelle, de la faire peut-être jeter en prison ?

Vous ne comprenez donc pas, monsieur le président ? Vous venez de Poitiers, cela se voit. Vous n'avez pas vécu à Saint-Mesmin. Vous ignorez que depuis vingt ans — pardon, dix-huit ! — les deux sœurs n'ont rien à faire de toute la journée, que d'entretenir leur haine.

Une haine *intime,* voyons ! Une haine qui est une

sorte d'amour, d'amour à l'envers, soit, mais d'amour malgré tout.

Et le qu'en-dira-t-on ? Tout le bourg suspendu aux faits et gestes des deux femmes, prenant parti pour ou contre celle-ci ou celle-là, applaudissant ou s'indignant !

Qui est-ce qui, la première, a traîné l'autre en correctionnelle ? Fonsine, n'est-ce pas ? Seulement, elle n'avait trouvé qu'une banale accusation de bris de clôture... Elle avait parlé aussi, mais vaguement, sans apporter de preuves, de vol de poireaux, et de lapins morts les uns après les autres dans son clapier parce qu'on leur avait donné criminellement de la mauvaise herbe qui fait enfler le ventre...

Votre prédécesseur, monsieur le président, a acquitté Fernande, sous le naïf prétexte de conciliation, car il ne savait pas, lui non plus... Et Fernande, acquittée après une admonestation plus ou moins paternelle, n'en a ressenti que plus cruellement l'injure... Elle aurait préféré être condamnée, voyez-vous !

— Ah ! ma fille, tu veux de la correctionnelle... Attends que j'en aie l'occasion et je t'en donnerai, moi.

L'occasion du fait-tout, qui n'était peut-être qu'une casserole, mais qui était assez lourd pour causer une blessure au cuir chevelu, même sans atteindre personne.

Vous dites ? Vous vous y perdez ? Vous bredouillez, pour en finir, parce que d'autres attendent, pas fier de votre verdict, après vous être penché professionnellement sur vos assesseurs :

— Cinq cents francs d'amende et les frais...

Et vous croyez que ce sera fini ?

Cela a été fini en effet, mais pas par la grâce du magistrat de Fontenay, ni peut-être par la faute du médecin, qui vint six fois la même semaine à la maison, à peu de temps de là.

Fonsine, qui n'était pas forte de la poitrine, mourut d'une pneumonie quelques jours avant Pâques.

Sa sœur l'ignora. Des voisins vinrent la veiller. Son homme d'affaires s'occupa de l'enterrement. Fernande ne s'y montra pas et profita du moment où le convoi se formait pour laver son seuil à grande eau. Pas moyen de dire plus clairement :

— Bon débarras !

Les yeux secs. A peine bordés de rouge, mais il y avait longtemps qu'elle avait le bord des paupières un peu irrité. C'était même la seule tache de couleur dans son visage en pierre de taille.

Il arriva à des voisines de lui demander :

— Tu ne portes pas le deuil de Fonsine ?

— Moi ? Est-ce que je la connais ?

Elle se serait plutôt habillée en jaune canari. Elle se demandait seulement qui allait racheter la maison de sa sœur. Car il n'était pas question d'en hériter. Elles le savaient l'une et l'autre depuis toujours. Quand on entretient une pareille haine, la première précaution à prendre, c'est de s'assurer que l'objet de cette haine n'héritera en aucun cas de votre bien.

Voilà pourquoi les deux sœurs, chacune de son côté, avaient mis ce qu'elles possédaient en viager, maison comprise. De sorte que Fernande, à présent, n'avait pas d'argent disponible pour racheter cette moitié de maison qui avait appartenu à sa sœur et sur laquelle on avait déjà collé une affiche jaune annonçant la vente.

Cela même lui servit. Tout lui servait. On la voyait souvent préoccupée, sans entrain, comme quelqu'un que ronge un chagrin caché, et des gens auraient pu s'y tromper. On lui disait :

— Tu vois bien que cela te fait quelque chose, malgré tout !

— A moi ?... Ha ! Ha !...

— Tu n'es plus la même depuis que Fonsine...

— Voulez-vous bien vous taire !... Je n'ai jamais été si heureuse de ma vie... Enfin, sur mes vieux jours, je respire !

— Tu te tracasses...

— Je me tracasse parce que la moitié de la maison de mes parents va sortir de la famille et que je me demande qui je vais avoir pour voisins...

Cela la tracassait à tel point qu'elle maigrissait, que son teint blanc tournait au gris sale ; que des mèches de cheveux lui pendaient souvent sur les joues. Elle n'avait de goût à rien. Elle était désœuvrée. Dix fois par jour, elle traversait la route pour entrer dans l'épicerie, non qu'elle eût besoin de quoi que ce fût, mais parce qu'on y trouvait toujours quelqu'un à qui parler.

Quels beaux étés elle avait passés dans son jardin, où elle ne mettait plus les pieds ! Toutes ces mauvaises herbes, ces limaces, ces courtilières, ces tessons de bouteilles, ces cailloux qu'elle avait plaisir à lancer par-dessus le mur !...

La maison fut vendue à la fin de l'été et, dès la Toussaint, les nouveaux propriétaires emménageaient, des petits retraités de la ville, des gens calmes, qui ne faisaient pas de bruit, qui disaient poliment bonjour au monde, mais qui ne cherchaient pas à engager la conversation.

Il n'y avait rien à dire sur eux.

C'était lugubre.

C'était mortel.

— Le jour des Morts, quand même, Fernande !... Je sais bien que tu ne portes pas le deuil de Fonsine... Cependant, puisqu'il y a un bon Dieu...

— Je ne veux seulement pas savoir où elle est enterrée...

Et, pour éviter de passer, fût-ce par mégarde, devant une croix portant le nom détesté, elle ne se rendit pas sur la tombe de ses parents qui, cette année-là, resta nue, sans une fleur.

D'ailleurs, elle n'avait le courage de rien. Il lui arrivait, à midi, de n'être pas encore débarbouillée, ses vêtements de nuit sous sa robe.

— Veux-tu que je te dise ? Tu t'ennuies, ma fille !

S'ennuyer, elle !

On lui donna un jeune chat qui ne courait plus le risque d'être empoisonné et elle oublia maintes fois de lui donner à manger.

Voilà comment elle était devenue ! Le regard terne. Bien des soirs, elle n'avait pas le goût de se faire à manger, ni d'allumer la lampe. Les voisins avaient installé un poste de T.S.F., et les murs, ses murs à elle, en avaient comme une sueur étrangère.

Le deuil de Fonsine ? Est-ce qu'il n'y en avait pas qui s'étonnaient qu'elle ne portât pas le deuil de Fonsine ?

Combien de temps dure le deuil, pour une sœur ? Un an, n'est-ce pas ?

Elle n'aurait seulement pas pu le porter jusqu'au bout, leur deuil ! Elle mourut à la Chandeleur, toute seule, un soir, sans lumière, alors que les voisins, qui la savaient fatiguée, avaient arrêté leur musique et faisaient des crêpes.

Elle mourut non pas d'une maladie, mais de toutes et d'aucune, comme meurent les bêtes qui s'ennuient, et, puisque ses biens étaient en viager, il n'y eut personne pour hériter d'elle, personne non plus pour entretenir désormais à Saint-Mesmin la froide flamme de haine qui avait fait vivre pendant vingt ans les deux sœurs Sirouet.

Les Sables-d'Olonne (Vendée), 9 janvier 1945.

MADAME QUATRE ET SES ENFANTS

Il y eut un peu de retard, ce soir-là. On put même croire que la scène n'aurait pas lieu. A peine un accrochage, au moment où Raymonde posait sur les tables les soupières pleines d'un liquide onctueux, d'un rose de haute couture. Quelqu'un dit, à une table près du poêle :

— Soupe à la citrouille !

Et, justement parce que cela venait d'une table privilégiée, d'une des deux tables presque collées au poêle, peut-être aussi, simplement, parce qu'elle se trompait, Mme Quatre murmura en servant ses deux garçons à pleine louche :

— Votre soupe préférée, mes enfants. De la soupe à la tomate !

Et c'était sa voix de « quand elle était bien lunée ».

— C'est de la soupe à la citrouille ! protesta l'aîné.

Car les enfants, n'est-ce pas ? croient plus volontiers les étrangers que leurs parents.

— Tais-toi, Jean-Claude.

— Ce n'est pas de la soupe à la tomate ! C'est de la soupe à la citrouille !

— Je te dis que c'est...

Mais elle venait de goûter à son tour et elle préféra clore l'incident par un impératif :

— On ne parle pas à table !

Elle était vexée, évidemment. Elle aurait bien voulu se retourner pour voir si les gens souriaient. Il était sûr qu'elle continuait à penser à son erreur, à ces sourires qu'elle sentait toujours derrière son dos, aux tables près du poêle.

Alors, comme soudain la radio déraillait, qu'un vague tango, par suite de Dieu sait quelles interférences, se transformait en une musique grinçante dont nul n'eût pu deviner les instruments, elle leva vivement son visage étroit, fixa l'appareil d'un regard courroucé, comme si ce cube de bois verni, tapi dans son coin, avec une faible lumière dans son cadran, se fût mis contre elle à son tour, l'eût fait exprès de l'accabler de ces notes barbares.

— Qu'est-ce que c'est ! lança-t-elle.

Et Raymonde, qui passait chargée d'assiettes, de murmurer avec un coup d'œil complice aux autres tables :

— Le poste est vieux... Il se dérègle tout le temps...

Près du poêle, les gens étaient cramoisis de chaleur. Les effluves chauds leur arrivaient en pleine figure, faisaient briller leurs yeux, cuisaient leurs jambes. Un jeune couple avait même eu le cynisme de reculer sa table, alors que Mme Quatre, entre la fenêtre aux volets mal joints que secouait la tempête et la porte à chaque instant ouverte de l'office, avait le nez bleu de froid sous la poudre.

On entendait la mer qui battait furieusement contre le remblai, le vent qui s'engouffrait dans la rue et faisait claquer une persienne à l'étage, le poêle qui avait des ronflements brusques, le bruit plus proche des fourchettes sur les assiettes.

Ils étaient dix, pas plus, dans la salle à manger de la pension *Notre-Dame*, aux Sables-d'Olonne, en plein décembre. La radio, dans son coin, continuait à grignoter de la musique, tantôt en sourdine, tantôt, elle aussi, avec une frénésie soudaine.

Des gens qui ne se connaissaient pas, sinon pour avoir mangé plusieurs fois dans cette salle à proximité les uns des autres, se lançaient des regards complices, simplement parce qu'ils avaient assisté, les soirs précédents, aux scènes de Mme Quatre et de ses enfants.

— Rien ce soir... disaient ces regards.

— Le coup de la soupe a fait long feu...

— Attendez... Qui sait ?... Elle a le nez bleu et les lèvres pincées...

Ailleurs, en d'autres moments, surtout sans ses deux gamins, on l'eût peut-être trouvée jolie. Peut-être même certains des messieurs présents lui eussent-ils fait la cour ? Qui sait ? Elle n'était pas plus mal qu'une autre. Le profil un peu long, un peu aigu ; des yeux d'un bleu délavé qui avaient le défaut de devenir soudain fixes, aux instants, précisément, où Mme Quatre soupçonnait les gens de se moquer d'elle. Elle avait le tort de laisser ses cheveux platinés lui tomber sur la nuque comme une petite fille. Elle s'habillait court, trop court, c'était flagrant. Du matin au soir, elle portait ce manteau de fourrure — qui ressemblait à une peau d'ours — d'où émergeaient de longues jambes.

Tout cela n'est pas une raison, ni le teint mauve que la poudre donnait à son nez, pour...

Huit heures. Le carillon Westminster qui sonnait les huit coups. Une voix câline, en même temps, qui sortait de la boîte vernie, si câline qu'elle semblait s'en prendre à chacun en particulier.

— *Aquí Radio-Andorra...*

On n'espérait plus. Chacun pensait à autre chose, regardait dans son assiette un morceau de raie au beurre noir, piquait du bout de sa fourchette les câpres d'un vert sombre. Et alors, vlan ! Le bruit sec d'une gifle. Presque aussitôt un vacarme de chaises remuées. Mme Quatre était debout. Elle essayait de soulever par un bras le plus jeune des gamins qui garait encore son visage et qui hurlait.

— Au lit... Au lit tout de suite... Tu entends ?...

Ah ! ce n'était plus la même voix. Elle était furieuse, haletante, surtout que le gamin, qui avait sept ans, était déjà lourd. Il s'était laissé tomber par terre. Elle le soulevait à moitié, comme un pantin en chandail et en pantalon de ski. D'un de ses pieds, il avait accroché un pied de la table et, tandis qu'elle traînait son fils vers la porte, la table suivait, tout le monde regardait, chacun s'efforçait en vain de garder son sérieux.

Elle les regardait à son tour, autant qu'ils étaient, avec honte, avec défi.

— Je te dis que tu vas te coucher tout de suite... Jean-Claude... tiens la table...

Mais Jean-Claude, l'aîné, avec ses dix ans, restait assis sur sa chaise, les jambes ballantes, tandis que la table s'éloignait insensiblement de lui.

Elle était maigre. Elle n'avait peut-être pas de santé. Il fallait pourtant qu'elle en vînt à bout.

— Est-ce que tu vas...

Vlan ! Une autre gifle. A son tour, elle recevait un coup de pied et, à y regarder de près, on se serait aperçu qu'elle avait envie de pleurer.

— Est-ce que tu vas... Ouvre la porte, Jean-Claude...

Jean-Claude se décidait à l'ouvrir. Elle ramassait le plus jeune, l'ennemi, n'importe comment. Il se débattait. Il était déjà trop fort pour elle.

— Marche devant... Plus vite que ça...

Allons ! Elle avait gagné la première manche. Elle était parvenue à extraire son garçon de la pièce. Maintenant, ils étaient dans l'escalier, tous les deux, et les bruits qui en parvenaient révélaient clairement que la lutte continuait.

Du moins pouvait-on sourire à l'aise, échanger des regards et des impressions. A voix basse, bien entendu, à cause de l'aîné qui était toujours là et qui avait repris sa place à table.

Elle n'en ferait jamais rien ! Pas plus de l'aîné que du plus jeune. Et, au fond, c'était sa faute à elle. Elle ne savait pas s'y prendre. Ils étaient espiègles, certes. Tous les enfants ne sont-ils pas espiègles ? Pourquoi manquait-elle à ce point d'autorité ?

Elle se battait avec eux ! Elle se battait littéralement ! Maintenant encore, la bataille continuait dans l'escalier.

— Je te dis de te lever... Tu entends ?... Tu vas te lever tout de suite ou alors...

— Vous nous donnerez du vin, Raymonde...

— Tout de suite, monsieur... Du même ?

Le dîner se poursuivait. La voix si câline à la radio conseillait affectueusement de ne pas terminer ce repas sans une dragée dépurative, en vente chez tous les bons pharmaciens.

Qu'est-ce qui arrivait ? On courait, au premier, juste au-dessus des têtes. On courait comme dans une poursuite qui s'achevait par un claquement de porte.

— Jean-Jacques... Jean-Jacques... Veux-tu ouvrir tout de suite ?...

C'était dans le couloir des chambres, où il y avait la chambre 4, celle de la maman, puis la chambre 5, celle des deux gamins, et enfin, juste en face, la porte des cabinets.

On hésita un instant à localiser les bruits et on finit par comprendre : Jean-Jacques avait réussi à atteindre les cabinets et à tirer le verrou derrière lui.

— Si tu n'ouvres pas im-mé-di-a-te-ment...

Elle ébranlait la porte. Elle menaçait. Sa voix devenait insinuante :

— Ecoute, Jean-Jacques... Si tu ouvres, je te promets...

Il n'ouvrait pas. Il ne bougeait pas. Il ne disait rien. Immobile dans le réduit sans lumière, assis sur la lunette.

La voix de la mère, là-haut, parla de serrurier et de commissaire de police. L'aîné, qu'on oubliait de servir, ou plus simplement curieux, quittait la salle à manger et s'engageait dans l'escalier.

— Va tout de suite te coucher, toi...

— Mais...

Qui sait si cette voix pointue, aussi fausse, par moments, que celle de la radio tout à l'heure, n'était pas pleine de sanglots qui ne trouvaient pas leur chemin dans une gorge trop serrée ?

— Si tu ne donnais pas le mauvais exemple à ton frère...

— Quelle famille, mon Dieu ! soupira quelqu'un en bas.

— Ces gamins sont terribles, et elle n'a aucune autorité sur eux. Elle ne sait pas s'y prendre. Tantôt elle est tout miel, et tantôt, pour un oui ou un non, ils reçoivent une gifle sans avoir eu le temps de voir d'où elle vient...

— On se demande qui est le plus à plaindre...

Après la raie, il y eut des côtelettes avec de la purée et des choux de Bruxelles. Puis le fromage. Enfin des pommes, et, tandis qu'on épluchait celles-ci, on entendait toujours, de temps en temps, la voix de Mme Quatre, dans son corridor, devant la porte des cabinets.

— Je te promets que si tu ouvres je ne te ferai rien...

L'enfant reniflait. Il se passa encore du temps. On parla d'autre chose. Chacun s'installa plus ou moins près du feu. Enfin Mme Quatre parut alors qu'on ne s'y attendait plus, les traits figés, le nez moins mauve sous une nouvelle couche de poudre.

Elle les regarda avec un vague sourire, un commencement de sourire plutôt, qu'on sentait prêt à se transformer en une grimace de colère. Mais chacun gardait son sérieux, s'occupait d'autre chose.

— Pas de raie, dit-elle à Raymonde qui lui avait laissé son couvert. Qu'est-ce qu'il y a d'autre ?

Elle ne pouvait s'empêcher de penser que certaines gens abusent en entourant si étroitement le poêle qu'ils ne laissent pas la moindre chaleur pour les autres. Des gens qui n'ont pas froid, qui le font exprès, pour bien marquer leur droit, leur supériorité sur elle qui n'a que la chambre 4 et qui est arrivée la dernière à la pension *Notre-Dame*.

C'était sur elle que s'abattait invariablement la mauvaise chance. La persienne qui claqua toute la nuit au rythme brutal de la tempête, c'était celle de sa chambre, de sorte qu'elle ne ferma l'œil qu'au petit jour. Et alors, chacun se donna le mot pour ouvrir et refermer bruyamment la porte d'en face, et cela finissait chaque fois par un vacarme de chasse d'eau.

Sa fenêtre donnait non sur la mer, mais sur une

ruelle plus ou moins bien famée et, quand elle s'habillait, une vieille femme, en face, la regardait d'un œil critique et comme soupçonneux. C'était elle aussi qui avait dans sa chambre le papier peint le plus sombre, d'une désolante couleur punaise.

Pourtant, elle faisait tout son possible.

— Lave-toi derrière les oreilles, Jean-Pierre... Laisse ton frère tranquille...

Voyons ! Pas dès le matin ! Elle voulait être gaie. Elle chantait une ronde.

— Chantez avec moi, tous les deux...

Et les pensionnaires qui les entendaient chanter se regardaient du même air que quand ils les entendaient se chamailler. Ils chantaient à tue-tête, tous les trois. Elle chantait, elle, comme une petite fille. Elle les embrassait, les roulait tendrement sur le lit.

— Sur-le-pont-d'A-vi-gnon...

Ils dansaient, ma parole ! Ils faisaient une ronde, entre le lit et la toilette, dans la chambre en désordre. Une porte claquait. Ah ! ces portes...

— Jean-Claude... Où vas-tu ?...

Elle endossait sa peau d'ours, son chapeau ridicule, comme on en porte peut-être à Paris, mais comme on n'en affiche pas en plein hiver aux Sables-d'Olonne. De hauts, d'invraisemblablement hauts talons prolongeant ses longues jambes lui donnaient l'air d'être montée sur des échasses.

Et après ? Ils s'en allaient tous les trois, dans les embruns, bras dessus, bras dessous. Elle se retournait, triomphante, vers la pension *Notre-Dame*, narguant ces imbéciles qui se moquaient d'elle et de ses enfants.

Puis un des garçons s'en revenait tout seul, une joue rouge, et allait s'enfermer dans sa chambre. Un quart d'heure plus tard, la mère apparaissait.

— Jean-Claude ?

— Il est en haut...

— Et Jean-Pierre ?

— On ne l'a pas vu... Il n'était pas avec vous ? Elle montait.

— Tu n'as pas vu ton frère, Jean-Claude ?... Ouvre-moi !... Va chercher ton frère...

A ses bons moments, elle souriait comme tout le monde. Peut-être seulement son sourire n'était-il jamais bien établi sur ses lèvres. Il était provisoire comme un soleil de mars qui se montre, hésitant, entre deux averses. Mais ces soleils-là ne sont-ils pas les plus tendres ?

Les pensionnaires, dix fois par jour, se retrouvaient dans la salle à manger chauffée, car les chambres ne l'étaient pas. Ils se disaient bonjour, échangeaient des phrases, des journaux, des livres. Pourquoi se taisaient-ils ou changeaient-ils de conversation quand elle arrivait ?

Alors, bien entendu, son sourire disparaissait, son nez devenait plus long, ses lèvres plus minces, elle attrapait n'importe quoi à lire et croisait les jambes dans un coin.

Une fois, à sept heures et demie, le soir, elle s'était assise ainsi près du poêle. Raymonde dressait les couverts. Evidemment, ce n'était pas sa table, mais on ne mangeait pas encore et, en dehors des repas, cette place était à tout le monde.

Elle lisait. Elle voyait bien que les pensionnaires s'installaient les uns après les autres. De la soupe fumait déjà sur une table. Le jeune couple dont elle occupait la place était descendu. Il restait debout, n'osant rien dire.

On l'observait. Raymonde elle-même l'épiait, attendant son départ pour servir. Le jeune couple ne savait où se mettre.

Elle continua à lire, exprès. Pourquoi serait-ce toujours à elle de faire les premiers pas ?

— Jean-Pierre... Jean-Paul... Venez ici, mes enfants...

Elle était tendre, exquisement. Elle les serrait tous les deux contre ses genoux, contre sa poitrine, joue à joue.

— Vous vous êtes bien amusés ? Où est ton livre, Jean-Claude ?

Jusqu'à huit heures moins vingt, exactement. Alors, seulement, elle se leva.

— A table, mes enfants !

Ce qui n'empêcha pas la scène, un peu plus tard, parce que Jean-Claude ne voulait pas manger sa soupe aux poireaux. Longtemps, à voix basse, avec une discrétion imprévisible, elle le sermonna, le supplia. Puis le ressort se détendit avec sa soudaineté habituelle. Elle saisit le nez de son fils, comme on saisit l'anse d'un pot, lui renversa la tête en arrière et, le maintenant ainsi par les narines pincées, lui ordonnant de tenir la bouche ouverte, elle y enfourna les cuillerées les unes après les autres.

Elle reçut force coups de pied dans les tibias, sans broncher. L'enfant portait des galoches à semelles de bois. Et, quand elle redescendit ce soir-là, ses deux fils couchés, comme elle en avait l'habitude, on put voir des taches violacées sous les bas de soie.

D'aucuns pensaient qu'elle était un peu folle, qu'en tout cas elle manquait de stabilité.

Il y avait un mois qu'elle était là, malgré l'hiver, malgré le temps. Elle ne parlait pas de s'en aller, et cependant tout lui était hostile : sa chambre, dans le couloir des cabinets, les bonnes qui se plaignaient de ce que les gamins missent tout sens dessus dessous, Raymonde, dont elle compliquait le service, tout le monde, et les choses elles-mêmes, la pluie qui se mettait à tomber au moment où elle voulait sortir, le vent qui soufflait en tempête quand elle avait la migraine, le journal qu'on ne retrouvait jamais au moment où elle désirait le lire et jusqu'à son livre, le seul qu'on lui vît jamais à la main, qu'elle lisait par petits coups et qui, à ce train-là, devait lui durer tout l'hiver et que le chat s'amusa candidement à déchiqueter...

Un matin, on lui annonça qu'il y avait une lettre pour elle. Au moment de la lui remettre, on s'aperçut qu'on l'avait montée par erreur dans une autre chambre. Il fallut attendre le retour du monsieur du 2. Encore heureux qu'il ne l'eût pas décachetée sans prendre garde à l'adresse !

Elle la lut d'un coup d'œil rapide et pointu.

— Soyez gentils, mes enfants...

Puis elle monta dans sa chambre, où on l'entendit marcher pendant une heure. On dut aller lui demander si elle ne descendait pas déjeuner.

Elle descendit, avec une couche de poudre plus épaisse que d'habitude, des yeux plus fixes, ces yeux qui parfois semblaient avoir peur et qui, d'autres fois, exprimaient un raidissement poussé jusqu'au burlesque.

— Madame Benoît... Il faut que je vous demande quelque chose...

Elle le faisait exprès de parler à la patronne devant tout le monde, comme pour les narguer.

— Je suis obligée d'aller à Paris entre deux trains... Est-ce que cela vous ennuierait de garder mes garçons ici pendant deux ou trois jours ?... Vous serez sages, n'est-ce pas, mes enfants ?

— Pourquoi est-ce que tu ne nous prends pas avec toi ?

— Cela ne vaut pas la peine pour si peu de temps...

— Tu vas nous chercher des jouets ?

— Si vous êtes sages, je vous apporterai des jouets...

— Une carabine avec de vraies balles ?

— Une carabine...

— Et une mitraillette ?

— Taisez-vous... Je parle à Mme Benoît...

— Mais oui, madame... Nous les garderons...

Elle partit à onze heures du soir, alors que les

enfants étaient couchés. Elle n'emportait pas de valise. Rien qu'un petit sac à main.

— Vous verrez qu'avec moi ils seront raisonnables, soupira Mme Benoît quand les pas se furent éloignés dans la rue. C'est elle qui les rend fous. Avec les enfants, il faut...

Elle parla, parla, comme on dévide un écheveau de laine, et elle conclut avec conviction :

— Je suis sûre que ce ne sont pas des mauvais diables !

Le surlendemain, en ouvrant le journal, son mari eut la stupeur de découvrir en première page la photographie de Mme Quatre. Ce n'était pas son nom, bien sûr. On l'avait appelée Mme Quatre parce qu'elle occupait la chambre 4.

On la voyait debout, avec son haut chapeau pointu, sa peau d'ours en éteignoir et ses longues jambes, dans un corridor, devant une porte qu'un gendarme lui ouvrait.

La première femme du pharmacien de Riom a déposé hier après-midi.

Personne n'y avait pensé. Sur sa fiche, elle avait bien écrit « Mme Martin ». Mais il existe tant de Martin ! Et puis, même lui, on ne l'appelait pas par son nom dans les journaux, on disait plus couramment le pharmacien de Riom.

L'homme à la barbe brune qui tenait une pharmacie, la plus achalandée de la ville, en face du Palais de Justice, l'homme qui avait muré six ou

sept femmes — les recherches n'étaient pas termi-
nées et on s'attendait à des surprises — dans les
caves de sa maison de campagne...

C'était elle sa première femme, sa femme légi-
time, qui avait eu la chance — ou le courage
— de s'en aller après quatre ans de mariage en
emmenant ses deux enfants, de s'en aller alors qu'il
en était encore temps.

— Jean-Claude !... Jean-Pierre ! criait Raymonde
dans l'escalier. Voulez-vous bien rester tran-
quilles ?... Je le dirai à votre mère quand elle ren-
trera...

Alors Mme Benoît resta un bon moment sans respirer, à fixer la porte par laquelle allaient apparaître
d'un instant à l'autre les deux fils de... les fils de...

— Mon Dieu !... soupira-t-elle en joignant les
mains.

Les Sables-d'Olonne (Vendée), janvier 1945.

Table

Composition réalisée par JOUVE

IMPRIMÉ EN ESPAGNE PAR LIBERDUPLEX
Barcelone
Dépôt légal éditeur : 44276-04/2004
LIBRAIRIE GÉNÉRALE FRANÇAISE - 43, quai de Grenelle - 75015 Paris.
ISBN : 2 - 253 - 14253 - 0

✦ 31/4253/6